AF552679

दादा-दादी की कहानियाँ

मुकेश 'नादान'

ज्ञान गंगा, दिल्ली

प्रकाशक : ज्ञान गंगा, 2/42 अंसारी रोड, दरियागंज, नई दिल्ली–110002
सर्वाधिकार : सुरक्षित / संस्करण : 2025 मूल्य : चार सौ रुपए
मुद्रक : नरुला प्रिंटर्स, दिल्ली ISBN 978-93-80183-07-7

DADA-DADI KI KAHANIYAN *by* Mukesh Nadan ₹ 400.00
Published by Gyan Ganga, 2/42 Ansari Road, Daryaganj, New Delhi-2

आपके लिए

कहानियाँ केवल कहानियाँ ही नहीं होतीं, ये हमें हमारी संस्कृति और इतिहास से भी परिचित कराती हैं।

बचपन में सभी ने अपने दादा-दादी से कहानियाँ तो अवश्य ही सुनी होंगी। कितना आनंद आता था जब हम जल्दी खाना खाकर दादा-दादी के कमरे में चल पड़ते और जब तक पलकें नींद से बोझिल नहीं हो जातीं, तब तक कहानी सुनते ही रहते थे। कभी-कभी तो हम कहानी सुनते-सुनते दादा-दादी के बिस्तर पर ही सो जाते थे। आज भी जब उन दिनों को याद करते हैं तो मन में एक आनंद की लहर सी उठने लगती है। प्रस्तुत पुस्तक में कुछ चुनी हुई कहानियों को सरल भाषा तथा आकर्षक चित्रों के साथ संगृहीत किया गया है, जो हमें कोई-न-कोई प्रेरणा अवश्य देती हैं तथा हमें हमारी शिक्षा और संस्कृति का बोध कराती हैं।

आइए, फिल्मों तथा सीरियलों से थोड़ा समय निकालकर अपनी संस्कृति और शिक्षा से भी परिचय किया जाए, जिसका सबसे अच्छा और सरल साधन हमारी ये अनमोल पुस्तकें हैं, जो हमें स्वयं से परिचित भी कराती हैं।

—मुकेश 'नादान'

विनायकम्
506/13, शास्त्री नगर
मेरठ (उ.प्र.)

विषय सूची

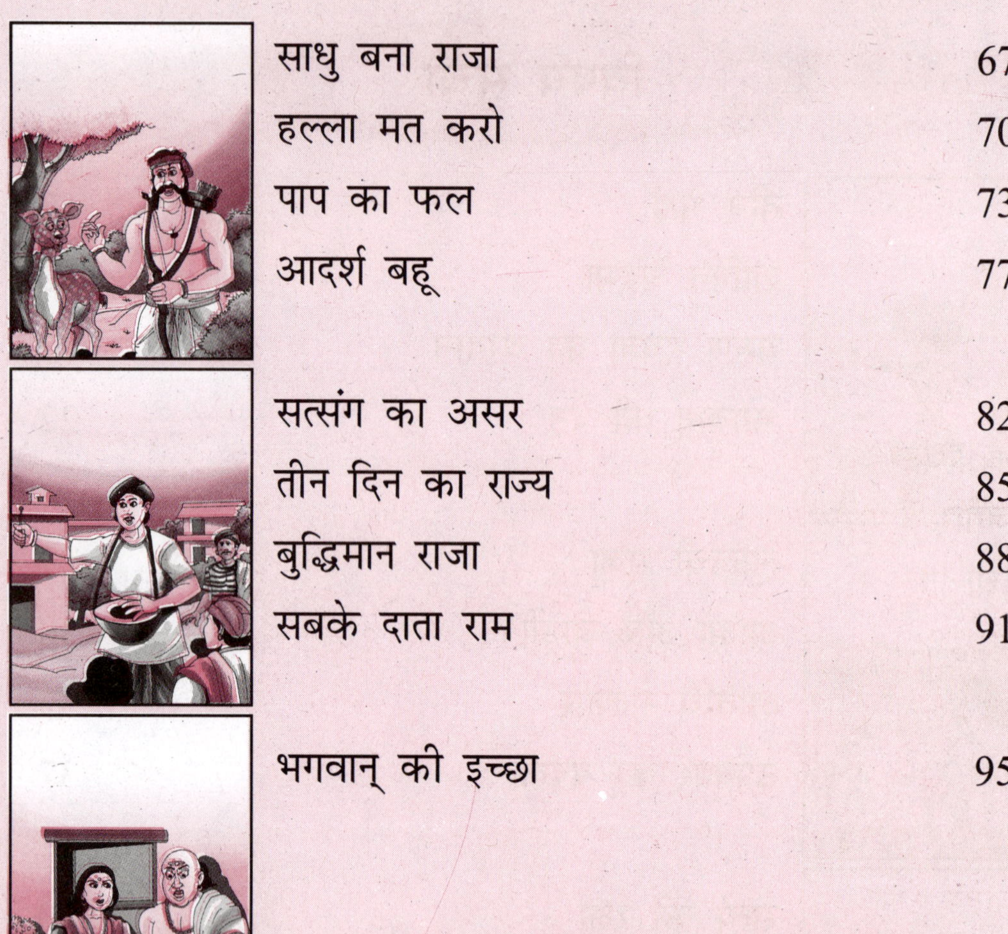

तीन भाई

चक्रपुर नाम के गाँव में तीन भाई रहते थे। तीनों ही मेहनती और ईमानदार होने के साथ-साथ बुद्धिमान भी थे। लेकिन गाँव में कोई रोजगार न होने के कारण वे बहुत ही गरीब थे। एक दिन बड़े भाई ने सोचा कि यदि हम किसी दूसरे गाँव में जाकर कोई काम करें तो हमारा जीवन सुख से कट सकता है। रोजगार की तलाश में तीनों भाई गाँव छोड़कर चल दिए।

जब वे जंगल से गुजर रहे थे तो उन्हें एक महात्मा मिले, जिनकी दाढ़ी सफेद थी और उनके चेहरे पर तेज चमक रहा था। तीनों भाइयों ने महात्मा के चरण स्पर्श किए और कहा, ''भगवन्, हम बहुत दुखी और गरीब हैं। काम की तलाश में भटक रहे हैं। जिससे हमारी गरीबी दूर हो सके, कृपया हमें ऐसा कोई उपाय बताइए।''

तीनों भाइयों की बात सुनकर महात्माजी बोले, ''देखो बच्चो, सुखी जीवन के लिए परिश्रमी, ईमानदार और विनम्र होने के साथ-साथ मनुष्य को परोपकारी और दयालु भी होना चाहिए। जिस मनुष्य के हृदय में दया और धर्म नहीं होता, वह कभी सुखी नहीं रह सकता।''

तीनों भाइयों ने महात्मा की बात का समर्थन करते हुए कहा, ''हम कभी भी दया और धर्म का साथ नहीं छोड़ेंगे। कृपया हमारा मार्गदर्शन कीजिए।''

तीनों भाइयों की विनम्रता देखकर महात्मा को उन पर दया आ गई। वे उन्हें अपने साथ लेकर आगे चल दिए। जंगल को पार करके वे एक मैदान में पहुँच गए। वहाँ एक सरोवर था। सबने सरोवर का ठंडा पानी पिया और फल खाकर एक पेड़ की छाया में सो गए। जब उनकी आँख खुली तो शाम हो चुकी थी।

बड़े भाई ने महात्माजी से कहा, "भगवन्, यदि यहाँ सुंदर भवन होता, जहाँ थके हुए लोग आकर आराम करते और मैं उनकी सेवा करता, तो मेरा

जीवन धन्य हो जाता।'' बड़े भाई की बात सुनकर महात्मा ने कहा, ''पुत्र, तुम्हारी इच्छा अवश्य पूरी होगी।'' महात्मा की बात पूरी होते ही वहाँ पर सुंदर महल बन गया। सभी अंदर गए। महल में सभी सुख-सुविधाएँ मौजूद थीं। महात्मा ने बड़े भाई से कहा, ''आज से इस भवन के मालिक तुम हो। भगवान् किसी भी रूप में तुम्हारी मनुष्यता की परीक्षा ले सकते हैं। दया और धर्म का मार्ग कभी भी मत छोड़ना। आनेवाले हर पथिक की सेवा करोगे तो हमेशा सुखी रहोगे।''

इसके बाद महात्माजी दोनों भाइयों को लेकर एक ऐसे स्थान पर पहुँचे, जहाँ पहाड़ी से झरना बह रहा था और आस-पास हरे-भरे मैदान थे। मँझले भाई ने कहा, ''भगवन्, यदि मेरे पास भेड़-बकरियाँ और गायें होतीं तो मैं यहीं पर बस जाता।'' महात्मा ने मँझले भाई से कहा, ''पुत्र, तुम्हारी इच्छा जरूर पूरी होगी।''

महात्मा के कहते ही वहाँ पर रहने लायक घर, भेड़, बकरियाँ, गायें-सबकुछ उपस्थित हो गया। मँझले भाई ने महात्माजी का धन्यवाद किया और उनके चरण-स्पर्श किए। महात्माजी ने मँझले भाई को दया और धर्म की शिक्षा दी और छोटे को लेकर आगे एक गाँव में पहुँचे।

गाँव में जमींदार की बेटी बहुत समय से बेहोश थी। जमींदार ने घोषणा की थी कि जो कोई उसकी बेटी की बेहोशी दूर करेगा, उसके साथ अपनी बेटी का विवाह कर दिया जाएगा। महात्माजी ने जमींदार की घोषणा सुनी और छोटे भाई को एक मंत्र सिखा दिया। उसे लेकर महात्माजी जमींदार की हवेली पर चले गए। छोटे भाई ने जमींदार की बेटी के कान में जैसे ही मंत्र फूँका तो वह उठ बैठी। उसकी बेहोशी एक

ही पल में दूर हो गई। जमींदार ने अपनी लड़की का विवाह छोटे भाई से कर दिया। अब तो छोटा भाई अमीर बन गया और अपनी पत्नी के साथ सुख से रहने लगा।

महात्माजी ने छोटे भाई को भी दया और धर्म की शिक्षा दी और वहाँ से चले गए।

बहुत समय बीत जाने के बाद महात्माजी को तीनों भाइयों की याद आई और वे भेष बदलकर उनकी परीक्षा लेने

के लिए चल पड़े। सबसे पहले महात्माजी बड़े भाई के घर पहुँचे। महात्माजी ने बड़े भाई से खाना और रात गुजारने के लिए थोड़ी सी जगह माँगी। लेकिन बड़े भाई ने उनका घोर अपमान किया। बड़े भाई ने साफ-साफ कह दिया कि यदि तुम्हारी जेब में पैसे नही हैं तो तुम्हें न खाना मिलेगा और न ही रात गुजारने के लिए जगह। बड़ा भाई महात्मा की दी हुई दया और धर्म की शिक्षा भूल गया। इसलिए महात्माजी के मुड़ते ही सबकुछ नष्ट हो गया।

इसके बाद महात्माजी मँझले भाई की परीक्षा लेने उसके घर गए और उससे भी महात्माजी ने थोड़ा सा दूध माँगा। उस समय मँझला भाई गाय, भेड़-बकरियों को चरा रहा था। दूध देना तो दूर, उसने महात्माजी का बहुत अपमान किया और साफ-साफ कह दिया कि मेरे पास मुफ्त का दूध नहीं है। वह भी दया और धर्म की शिक्षा भूल गया। महात्माजी के मुड़ते ही उसका सबकुछ नष्ट हो गया और भेड़-बकरियाँ चट्टानों में परिवर्तित हो गईं।

अब महात्माजी छोटे भाई के घर गए। उसने महात्माजी का खूब आदर-सत्कार किया। महात्माजी छोटे भाई के व्यवहार से बहुत खुश हुए, क्योंकि अमीर बनने के बाद भी उसके मन में दया और धर्म की भावना थी। छोटा भाई अपनी परीक्षा में सफल हुआ। महात्माजी ने उसके घर भोजन किया और हमेशा सुखी रहने का आशीर्वाद देकर वहाँ से चले गए।

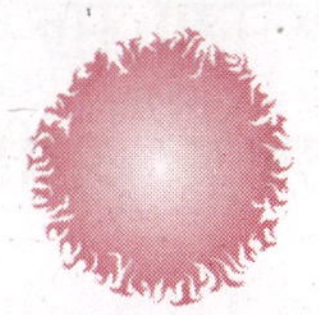

शापित चंद्रमा

कहा जाता है कि चंद्रमा सभी देवताओ में सबसे सुंदर थे। उनके अच्छे स्वभाव के कारण सभी देवता उनका आदर करते थे। चंद्रमा के रूप और सौंदर्य से प्रभावित होकर दक्ष ने अपनी सत्ताईस पुत्रियों का विवाह उनके साथ कर दिया। वैसे तो दक्ष की सभी पुत्रियाँ बहुत सुंदर थीं, लेकिन चंद्रमा रोहिणी से बहुत प्रेम करते थे। चंद्रमा के इस व्यवहार से रोहिणी की छब्बीस बहनें बहुत नाराज रहती थीं। उन्होंने चंद्रमा को हर तरह से खुश करने की चेष्टा की, किंतु चंद्रमा पर उनका कोई प्रभाव नहीं पड़ा। विवश होकर सभी बहनों ने मिलकर अपने पिता दक्ष से चंद्रमा की शिकायत कर दी।

पुत्रियों की व्यथा सुनकर दक्ष को बहुत क्रोध आया। उन्होंने चंद्रमा को शाप देते हुए कहा, ''अपने जिस रूप के अभिमान में तुमने मेरी पुत्रियों का अनादर किया है, तुम्हारा वही रूप नष्ट हो जाएगा। तुम क्षय रोगी होकर प्रतिदिन दुबले और पीले पड़ जाओगे। एक दिन तुम्हारा शरीर लोगों की आँखों से ओझल हो जाएगा।''

उस समय देवता, ऋषि, मुनि, तपस्वी की तपस्या में इतनी शक्ति होती थी कि उनकी कही बात हमेशा सत्य साबित होती थी। उस समय देव, दानव, मनुष्य सब प्रजापतियों के अधीन थे। दक्ष के क्रोध से चंद्रमा

को बचाने के लिए कोई भी तैयार नहीं था। इसलिए चंद्रमा ने भगवान् शिव की शरण ली।

दक्ष ने भगवान् शिव का भी कई बार अपमान किया था, इसलिए शिव को दक्ष का घमंड करना अच्छा नहीं लगता था। भगवान् शिव दयालु, उदार और दानी थे। उन्होंने चंद्रमा से कहा, ''एक तो दक्ष प्रजापति हैं, दूसरे वे प्रभावशाली देवता भी हैं, उनका शाप कभी बेकार नहीं जा सकता। लेकिन फिर भी मैं तुम्हारी सहायता अवश्य करूँगा। मैं

तुम्हें आशीर्वाद देता हूँ कि दक्ष के शाप से तुम महीने के पंद्रह दिन ही पीड़ित रहोगे। शेष पंद्रह दिन में पीड़ित और दु:खी लोग भी तुम्हारी कांति को देखकर सुखी हो जाएँगे। उस समय तुम्हारे शरीर से अमृत की किरणें निकलेंगी, जो संपूर्ण संसार को शीतल कर देंगी।

भगवान् शिव से वरदान पाकर चंद्रमा ने उनके चरणों में नमस्कार कर कहा, "भगवान्, इस उपकार के लिए मैं आजीवन आपका आभारी रहूँगा। मैं तन-मन-धन से आपकी सेवा करूँगा। कृपया मुझे बताएँ कि मेरे लिए क्या आज्ञा है?"

भगवान् शिव ने चंद्रमा से कहा, "तुम कुछ दिन के लिए समुद्र में समाधि ले लो। वहाँ दिव्य औषधियों के प्रभाव से तुम्हारे शरीर में अमृत प्रवेश कर जाएगा और अमृत के सेवन से तुम रोग और मृत्यु के भय से मुक्त हो जाओगे।"

उसी दिन से दो पाख होने लगे। पंद्रह दिन तक दक्ष के शाप से चंद्रमा का शरीर क्षीण होता हुआ अमावस्या को लुप्त हो जाता है और सोलहवें दिन से शिव के वरदान से दिन-प्रतिदिन बढ़ने लगता है और पंद्रहवें दिन चंद्रदेव की सुंदरता सबसे अधिक होती है। उसी दिन को पूर्णमासी कहते हैं।

जब दक्ष को इस बात का पता चला कि चंद्रमा ने शिव की शरण ली है तो उन्हें बहुत क्रोध आया। दक्ष ने चंद्रमा को मारने का निश्चय कर लिया। भगवान् शिव तो स्वभाव से ही दयालु हैं, उन्होंने चंद्रमा को अपने सिर पर धारण कर लिया। दक्ष के डराने-धमकाने पर भी शिव ने चंद्रमा का त्याग नहीं किया। शिव तंत्र-मंत्र और तपस्या की शक्ति से कुछ भी

कर सकते थे। उन्होंने दक्ष को दंड देने के लिए जैसे ही त्रिशूल उठाया तो दूसरे देवताओं ने आकर बीच-बचाव कर दिया। ब्रह्मा ने चंद्रमा के दो भाग कर दिए। चंद्रमा के रोगी अंग को दक्ष की कन्याओं को दे दिया और निरोगी शरीर को शिव के पास ही रहने दिया। अमृत के प्रभाव से चंद्रमा को कोई कष्ट नहीं हुआ। चंद्रमा के दोनों भाग स्वस्थ और जीवित रहे।

एक दिन गणेश भगवान् शिव को प्रणाम करने के लिए पार्वती के साथ जा रहे थे। गणेश का शरीर बहुत ही विचित्र था। वे बहुत ही मोटे और सुस्त

प्रकृति के थे। उनका शरीर मनुष्य का और चेहरा हाथी का था। इसलिए गणेश को गजानन भी कहते हैं। अधिक खाने के कारण गणेश धीरे-धीरे चल रहे थे। उनका पेट बुरी तरह फूला हुआ था। पेट देखकर चंद्रमा को हँसी आ गई। चंद्रमा की हँसी की आवाज सुनकर गणेश चौंक गए और एक पत्थर से टकराकर गिर पड़े। गणेश का पेट फट गया। वे बेहोश हो गए। गणेश को तो भगवान् शिव ने बचा लिया, लेकिन चंद्रमा को पार्वती के शाप से न बचा सके।

पार्वती को चंद्रमा का हँसना अच्छा नहीं लगा और उन्होंने शाप देते हुए कहा, "अपने जिस रूप के अभिमान में तुम मेरे पुत्र पर हँसे हो, तुम्हारा वही रूप कलंकित हो जाएगा और आज के दिन जो कोई तुम्हारा दर्शन करेगा, वह भी कलंकित हो जाएगा। गणेश के जिस रूप पर तुम्हें हँसी आई है, उसी रूप के दर्शन करने से संसार के मनुष्यों के सभी दुःख दूर हो जाएँगे।"

उस दिन भादों की चतुर्थी थी। देवताओं ने उस दिन को विनायक चतुर्थी का नाम दे दिया। तभी से प्रत्येक कार्य के प्रारम्भ में गणेश की पूजा होने लगी।

चंद्रमा भी पार्वती के शाप से बच नहीं पाए और भादों की चौथ को चंद्रमा का दर्शन करना निंदनीय माना जाने लगा। उस दिन यदि कोई भूल से भी चंद्रमा को देख लेता है तो उसे कलंक लग जाता है।

हजारों वर्ष बीत जाने पर भी पार्वती का चंद्रमा को दिया गया शाप ज्यों-का-त्यों बना हुआ है।

वरुण देवता का वरदान

त्रिलोक के माता-पिता का बचपन में देहांत हो जाने के कारण वह अनाथ हो गया था। आलोक शादीशुदा था, वह सौतेले भाई त्रिलोक से बहुत ईर्ष्या करता था। आलोक और उसकी पत्नी आराम की जिंदगी गुजार रहे थे। त्रिलोक को पूरा दिन काम करने पर भी भरपेट खाना नहीं देते थे। लेकिन त्रिलोक संतोषी स्वभाव का होने के कारण किसी प्रकार की शिकायत नहीं करता था।

जैसे ही त्रिलोक बड़ा हुआ तो आलोक ने उसकी शादी कर दी और जमीन-जायदाद का बँटवारा करके उसे अलग कर दिया। आलोक ने घर का अच्छा सामान और उपजाऊ भूमि अपने हिस्से में कर ली तथा टूटा-फूटा सामान और बंज़र भूमि त्रिलोक को दे दी। आलोक के घर में सुख-सुविधा के सब साधन मौजूद थे। आलोक लेन-देन का व्यापार भी करता था, जिसके कारण उसका धन बढ़ता गया। जबकि त्रिलोक दिन-प्रतिदिन गरीब होता चला गया। उसकी सारी जमीन आलोक के पास गिरवी रखी जा चुकी थी। वह केवल मजदूरी करके ही अपना पेट पालता था।

आलोक को केवल एक ही दुःख था कि उसके आँगन में बच्चे की किलकारियाँ न गूँज सकीं। संतानहीनता के कारण आलोक का स्वभाव

रूखा और झगड़ालू हो गया। धन के अभिमान ने उसे अहंकारी और कंजूस बना दिया। वह हमेशा अधिक-से-अधिक धन इकट्ठा करने में ही लगा रहता था। इसके विपरीत, त्रिलोक दयालु, परोपकारी और सरल स्वभाव का था। झूठ, बेईमानी से वह सैकड़ों कोस दूर था। वह हर किसी

के सुख-दुःख में शामिल होता था। गाँववाले उसे बहुत प्यार करते थे।

एक दिन त्रिलोक लकड़ियाँ लेकर घर लौट रहा था कि उसने रास्ते में एक तालाब देखा। उस तालाब में बहुत से कमल खिले हुए थे। तालाब में नहाते हुए उसकी दृष्टि एक कली पर पड़ी, जो सोने की तरह चमक रही थी। त्रिलोक ने उस कली को जैसे ही तोड़ा तो वह सोने का फूल बन गई। सोने के फूल को देखकर उसकी समझ में कुछ नहीं आया कि वह इस फूल का क्या करे। तभी तालाब में एक सुंदर मनुष्य प्रकट होकर बोला, "इस फूल को मुझे दे दो। इस तालाब में एक सोने का फूल रोज खिलता है, जिसे मैं पूजा में चढ़ाता हूँ। इस फूल के बदले मुझसे कोई भी वरदान माँग लो।"

त्रिलोक ने कहा, "हे वरुणदेव, क्षमा कीजिए, मैंने इसे धोखे से तोड़ लिया है। आप तो अंतर्यामी हैं। आप जो कुछ भी देंगे, मुझे स्वीकार है।"

वरुणदेव ने त्रिलोक से कहा, "पुत्र, तुम्हारे निस्स्वार्थ आचरण से मैं बहुत खुश हूँ। मैं तुम्हारी इच्छा पूरी करना चाहता हूँ।"

वरुण देवता को बार-बार प्रणाम करके त्रिलोक बोला, "भगवन्, मुझे ऐसा वर दीजिए कि मेरे स्त्री-बच्चे हमेशा खुश रहें, आजीवन आपकी पूजा करता रहूँ तथा दूसरों के सुख-दुःख में काम आऊँ।" तथास्तु कहकर वरुण देवता अंतर्धान हो गए।

जैसे ही त्रिलोक घर आया तो वरुणदेव के वरदान के फलस्वरूप खेती की उपज चौगुनी हो गई। उसने गाँववालों को खूब अनाज बाँटा। वह जिस काम में भी हाथ डालता, उसे दस गुना फायदा होता। कुछ ही

दिनों में वह अमीर हो गया। वह गरीबों को वस्त्र और अनाज देकर उनकी मदद करता। गाँववालों की हर तरह से सहायता करता।

आलोक को यह देखकर ईर्ष्या होती थी कि त्रिलोक अमीर कैसे बन गया। एक दिन जब आलोक त्रिलोक के घर गया तो उसने वरुणदेव के वरदान के विषय में सबकुछ बता दिया। आलोक बहुत लालची था। उसने उसी समय वरुणदेव से वरदान लेने का निश्चय कर लिया।

दूसरे दिन आलोक उसी तालाब पर नहाने के लिए पहुँच गया। जैसे ही उसे तालाब में कली दिखाई दी, उसने तुरंत तोड़ ली। वरुणदेव ने आलोक से वह कली माँगी तो उसने कहा, "भगवन्, पहले कोई वरदान दो। तब मैं आपको यह फूल दूँगा।" आलोक के मन में आए लालच को वरुणदेव तुरंत भाँप गए और बोले, "ठीक है, बोलो तुम्हें क्या वरदान चाहिए।" आलोक ने कहा, "मैं जो कुछ भी चाहूँ, जो कुछ भी सोचूँ, जैसी इच्छा करूँ, सभी पूरी हो जाएँ।" वरुणदेव "ऐसा ही होगा" कहकर अंतर्धान हो गए।

वरुणदेव से वरदान प्राप्त करके आलोक खुशी-खुशी घर आया और वरदान को परखने के लिए उसने मिठाई, जेवर, कपड़े और पक्के मकान की इच्छा की। वरुणदेव के वरदान से एक ही पल में उसकी सारी इच्छा पूरी हो गई।

अब तो आलोक पलक झपकते ही साधारण किसान से कुबेर बन गया। वह अपने को साक्षात् विष्णु और इंद्र समझने लगा। संसार की सारी सुख-सुविधा उसकी मुट्ठी में थी, जिसके कारण उसकी बुद्धि भ्रष्ट हो गई।

दूसरे दिन आलोक की पत्नी त्रिलोक के घर से लौटकर आई तो उस समय शाम हो गई थी। अँधेरा होने के कारण आलोक उसे पहचान न सका। वह बरामदे में बैठा सोचने लगा–'यह इतना काला और मोटा आदमी घर में घुस आया है, कहीं यह भूत-प्रेत तो नहीं है। ऐसा न हो कि यह मुझे खा जाए।'

आलोक को वरुणदेव के वरदान का बिलकुल भी ध्यान नहीं रहा। उसके सोचते ही उसकी पत्नी भूत बनकर उसे निगल गई और देखते-ही-देखते अदृश्य हो गई। भूत तो न जाने कहाँ चला गया, लेकिन आलोक और उसकी पत्नी की लाशें दरवाजे पर पड़ी थीं। त्रिलोक को यह देखकर बहुत दुःख हुआ। उसने भाई-भाभी का अंतिम संस्कार कर दिया और उनकी सारी संपत्ति गरीबों में बाँट दी।

रात को वरुण देवता ने स्वप्न में आकर त्रिलोक को दर्शन दिए और सदा सुखी रहने का आशीर्वाद देकर अदृश्य हो गए।

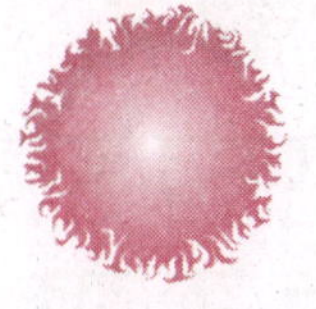

भगवान् की देन

एक गाँव में किशन नाम का एक दरजी रहता था। उसकी पत्नी की मृत्यु पहले ही हो चुकी थी। उसका रामू नाम का एक पुत्र था। किशन दिन भर लोगों के कपड़े सिलकर अपना और अपने पुत्र का पेट पालता था। किशन को गरीबी की मार और चिंताओं ने और भी बूढ़ा बना दिया था। किशन को अपनी तो कोई चिंता नहीं थी, लेकिन उसे रामू की चिंता दिन-प्रतिदिन खाए जा रही थी। अधिक लाड़-प्यार ने उसे आलसी और कामचोर बना दिया था। खाना, पीना और घूमने के अलावा उसे और कोई काम नहीं था। किशन ने रामू को बहुत बार समझाने की कोशिश की, लेकिन वह अपने पिता की कोई बात सुनने को तैयार नहीं था।

जब किशन गाँव के दूसरे लड़कों को देखता कि किस प्रकार वे अपने माँ-बाप का बोझ उठा रहे हैं तो वह ठंडी आह भरकर रह जाता और कहता, "भगवान की यही इच्छा है, उन्होंने रामू को निकम्मा और आलसी बना दिया है। मैं तो चार दिन का मेहमान हूँ, बची हुई जिंदगी भी जैसे-तैसे कट जाएगी। मेरे मरने के बाद इसे रोटी कौन खिलाएगा। मेरे सामने जो एक तिनका भी नहीं उठा सकता, वह मेहनत-मजदूरी कैसे करेगा?"

किशन ने अपने पुत्र रामू से कहा, ''गाँव में कुटिया बनाकर जो महात्माजी रहते हैं, वे सब को धर्म की शिक्षा देते हैं। लोग उनके उपदेश बड़ी ही श्रद्धा और भक्ति से सुनते हैं। मेरी बात मानो तो तुम भी उन महात्मा के पास जाकर उनका उपदेश सुनो। शायद तुम्हें भी भगवान् और भाग्य पर भरोसा हो जाए।

रामू दूसरे ही दिन महात्मा की कुटिया पर चला गया और प्रणाम करके बोला, "भगवान्, मैं जानना चाहता हूँ कि मेरी किस्मत में क्या लिखा है और भगवान् की देन से मुझे आज खाने में क्या मिलेगा।"

महात्माजी समझ गए कि रामू उनकी परीक्षा ले रहा है। महात्माजी ने तपस्या की शक्ति से रामू का भाग्य देखकर कहा, "भगवान् की कृपा से आज तुम्हें खाने को खीर मिलेगी और खीर खाकर तुम्हारा स्वभाव बिलकुल बदल जाएगा। आलस्य तुमसे कोसों दूर हो जाएगा और कल से तुम भगवान् पर भरोसा करने लगोगे।"

रामू को महात्मा की बात पर विश्वास नहीं हुआ और बोला, "मैं साधु की बात पर विश्वास नहीं करता, इनसान अपनी इच्छा का स्वयं मालिक है। वह जो चाहेगा वही करेगा। यदि मैं खीर न खाऊँ तो कोई कैसे खिला सकता है?"

रामू की बात सुनकर महात्माजी को क्रोध आ गया। वे उसे डाँटकर बोले, "बेटा, अपनी जिद छोड़ दो, भगवान् के सामने इनसान की नहीं चलती। भगवान् की मरजी से ही सब काम होते हैं। वैसे आज खीर तो तुम्हें खानी ही पड़ेगी।"

रामू हर कीमत पर महात्माजी की बात झूठी साबित करना चाहता था। इसलिए वह जंगल में जाकर छिप गया, जिससे उसे कोई खीर खाने के लिए मजबूर न कर सके। दोपहर तक रामू पेड़ की छाया में ही बैठा रहा। जैसे ही शाम हुई तो वह पेड़ पर चढ़ गया, जिससे कोई रिश्तेदार या मित्र उसे खीर न खिला दे।

कुछ ही देर में उधर से एक बारात आई, जिसमें सभी लोग भूखे थे। ऐसा लग रहा था कि जैसे बारात कहीं दूर से आ रही है। बारातियों ने बड़ी पतीली में खीर पकाने के लिए चढ़ा दी। खीर जैसे ही बनकर तैयार हुई, तभी घोड़ों के टापों की आवाज सुनाई दी। बारातियों ने सोचा कि शायद डाकू आ रहे हैं। वे उन्हें लूटकर मार डालेंगे, इसलिए सभी बाराती अपनी जान बचाकर घोड़ों पर सवार होकर भाग गए।

पतीली में पक रही खीर को देखकर डाकू हैरान रह गए। क्योंकि आस-पास कोई भी नहीं था और खीर पूरी तरह पक चुकी थी। डाकू भूखे थे, इसलिए अपने कटोरों में खीर डालकर खाने के लिए तैयार हो गए। लेकिन तभी एक बूढ़े डाकू ने कहा, "हो सकता है कि यह हमें मारने की कोई चाल हो। किसी ने इस खीर में जहर मिला दिया हो? जिससे हम जहरीली खीर खाकर मर जाएँ। वरना इस जंगल में इतनी खीर कहाँ से आई।"

जहरीली खीर की कल्पना करके सभी डाकू इधर-उधर देखने लगे, जिससे उन्हें कोई व्यक्ति दिखाई दे जाए, जिसने खीर में जहर मिलाया हो। तभी पेड़ पर छिपे रामू को एक डाकू ने देख लिया। डाकू चिल्लाकर बोला, "हमारी मौत का तमाशा देखनेवाले चुपचाप नीचे उतर आओ, वरना तुम्हारे टुकड़े-टुकड़े कर देंगे।"

डाकुओं की चमचमाती तलवार देखकर रामू बुरी तरह डर गया था। उसे अपने सामने मौत दिखाई दे रही थी। वह पेड़ से नीचे उतर आया और बोला, "सरदार, मेरा कोई कसूर नहीं है। मुझे जाने दो।"

क्रोध के कारण डाकुओं के सरदार की आँखें लाल हो रही थीं। उसने रामू को एक जोरदार थप्पड़ लगाकर कहा, ''बदमाश कहीं का, तेरी सजा यही है कि इस जहरीली खीर को तुझे ही खिला दें।''

सरदार की आज्ञा से रामू को दो डाकुओं ने कसकर पकड़ लिया और गरम-गरम खीर खिलाने लगे। रामू को महात्मा की बात पर विश्वास हो गया। उसने मन में सोचा कि अवश्य ही भगवान् के भेजे हुए बंदे हैं जो मुझे खीर खिलाने आए हैं। रामू ने खुशी-खुशी पेट भरकर खीर खाई। उसे विश्वास हो गया कि सबकुछ भगवान् की इच्छा से हो रहा है। अब रामू भाग्य और भगवान् पर विश्वास करने लगा।

दूसरे दिन से रामू का स्वभाव बिलकुल बदल गया। उसके स्वभाव में हठ की जगह नरमी आ गई। वह जल्दी से महात्मा के पास गया और बोला, ''आपने मुझे जानवर से इनसान बना दिया है। भगवान् की इच्छा ही सबसे बड़ी ताकत है। प्रत्येक मनुष्य को अच्छा-बुरा जो भी मिलता है, वह भगवान् की ही देन है। इनसान का अपना कुछ भी नहीं होता है।

लालची राजा

बहुत समय पहले की बात है। यूनान में मीदास नाम का एक राजा राज्य करता था। वह बहुत ही लालची था। धन-दौलत, हीरे-मोती, सोना-चाँदी किसी भी चीज की उसे कोई कमी नहीं थी। किंतु सोना इकट्ठा करने का लालच उसके मन में हमेशा ही रहता था। सोने को छोड़कर वह केवल अपनी पुत्री को ही प्यार करता था। कहने का तात्पर्य यह है कि अपनी पुत्री और सोने के अलावा उसे किसी भी चीज से प्यार नहीं था।

मीदास स्वप्न में भी सोना इकट्ठा करने का सपना देखता था। एक दिन मीदास खजाने में बैठकर सोने की ईंटें और अशरफियाँ गिन रहा था कि वहाँ उसने एक देवदूत को देखा। इतने सोने को देखकर देवदूत ने राजा से कहा, ''मीदास, तुम तो बहुत धनवान हो।'' मीदास ने उदास होकर कहा, ''मैं धनवान नहीं हूँ। मेरे पास तो केवल बहुत थोड़ा सा ही सोना है।''

देवदूत ने कहा, ''मीदास, तुम सचमुच बहुत लालची हो। तुम्हें इतना सोना पाकर भी खुशी नहीं है। फिर तुम्हें कितना सोना और चाहिए?'' मीदास ने उत्तर दिया, ''मैं जिस वस्तु को भी स्पर्श करूँ, वही सोने की हो जाए।''

मीदास की मूर्खतापूर्ण बातें सुनकर देवदूत हँसकर बोला, ''ठीक है, कल से तुम जिस भी वस्तु को स्पर्श करोगे, वही सोने की बन जाएगी।'' देवदूत की बात सुनकर मीदास बहुत खुश हुआ और सुबह होने का

इंतजार करने लगा। उसे सारी रात नींद नहीं आई। मीदास रात भर यही सोचता रहा कि कब दिन निकले और कब उसका सपना पूरा हो।

सुबह राजा सोकर उठा। उसने जैसे ही कुरसी को हाथ लगाया तो वह सोने की बन गई, मेज को छुआ तो वह भी सोने की हो गई। अब तो मीदास खुशी से नाचने लगा। मीदास खुशी-खुशी अपने बगीचे में आया और पेड़-पौधे, फूल, पत्ते, डालियाँ जिस चीज को भी छूआ, वे सब सोने की हो गईं। अब तो मीदास का बगीचा सोने से चमाचम चमकने लगा।

मीदास को खुशी में यह ध्यान नहीं रहा कि उसके कपड़े सोने के होकर भारी हो चुके हैं। अब वह थक चुका था तथा भूख-प्यास भी सता रही थी। अब मीदास बगीचे से लौटकर अपने महल में आया और एक सोने की कुरसी पर बैठ गया। नौकर ने भोजन परोस दिया, लेकिन राजा ने जैसे ही भोजन छुआ तो वह सोने का हो गया। पानी का गिलास

छुआ तो वह भी सोने का हो गया, अब मीदास के सामने दाल, चावल, सब्जी, रोटी सबकुछ सोने का हुआ पड़ा था। राजा को बहुत भूख लगी थी। लेकिन राजा क्या करे? सोने को चबाकर अपनी भूख तो नहीं मिटा सकता था।

अब तो मीदास दुःखी होकर रोने लगा। मीदास की पुत्री उसके पास आई और गोद में चढ़कर अपने पिता के आँसू पोंछने लगी। मीदास दुःखी तो था ही, उसने जैसे ही अपनी पुत्री को गले से लगाया तो वह भी सोने की मूर्ति बन गई। राजा सोने की मूर्ति के रूप में अपनी पुत्री को गोद में कब तक उठाए रखता। अब तो मीदास के सब्र का बाँध टूट गया। वह सिर पीट-पीटकर रोने लगा।

मीदास को रोता देखकर देवदूत को दया आ गई। जैसे ही मीदास ने देवदूत को देखा, तो वह और जोर से रोने लगा और बोला, "कृपया अपना वरदान वापस ले लीजिए, मुझे तनिक भी सोना नहीं चाहिए।" मेरी समझ में आ गया है कि मनुष्य सोने के बिना जीवित रह सकता है, लेकिन रोटी और पानी के बिना कभी जीवित नहीं रह सकता। मीदास ने मन में यह निश्चय कर लिया कि वह अब कभी सोने का लालच नहीं करेगा।

देवदूत ने मीदास को एक कटोरी में जल देकर कहा, "इस जल को सभी वस्तुओं पर छिड़क दो। सभी वस्तुएँ जैसी हो जाएँगी। मीदास ने देवदूत के आदेश का पालन करते हुए जल को जैसे ही सब वस्तुओं पर छिड़का, तो सभी वस्तुएँ पहले जैसी हो गईं। इसके बाद मीदास ने कभी भी सोने का लालच नहीं किया।

आओ और जाओ

एक गाँव में भैंरोमल नाम का एक धनी व्यक्ति रहता था। वह बहुत ही आलसी और कामचोर था। खेती-बाड़ी का सारा काम नौकर और मजदूरों पर छोड़कर घर पर आराम से सोता था। भैंरोमल न तो कभी खेतों पर जाकर देखता और न ही कभी अपने बाग-बगीचे की देखभाल करता था।

भैंरोमल की लापरवाही का यह परिणाम निकला कि नौकर और मजदूर अपनी इच्छा से काम करने लगे। वे थोड़ी देर खेतों में काम करते और फिर गप्पें मारने में लग जाते या फिर अपने घर लौट आते। अब भैंरोमल के खेत न तो समय पर बोए जाते और न ही समय पर खाद पड़ती। खेतों में बीज भी घटिया किस्म का लगने लगा, जिसका नतीजा यह निकला कि भैंरोमल के खेतों की उपज घट गई और उसकी आर्थिक स्थिति खराब हो गई।

रामप्रसाद नाम का दूसरा किसान बहुत ही परिश्रमी था। उसके पास अपने खेत भी नहीं थे। वह भैंरोमल के ही कुछ खेत लेकर उन पर खेती करता था। वह मजदूरों को अपने साथ खेत पर ले जाता और अपने सामने सिंचाई और खेतों को जोतने, बोने का काम करता। समय पर अच्छी खाद डालता। रामप्रसाद के साथ-साथ उसके परिवार के लोग भी खेतों पर

सुबह से शाम तक काम करते। रामप्रसाद के खेतों में उपज भी अच्छी होती थी। लगान आदि का खर्च निकालकर भी वह बहुत सारा अनाज बचा लेता था। इस प्रकार अपने परिश्रम के कारण वह अमीर बनता चला गया।

अपने आलसी स्वभाव के कारण भैंरोमल गरीब हो गया और महाजन का बहुत सारा कर्ज भी चढ़ गया। अब भैंरोमल को अपने खेत बेचने की जरूरत महसूस हुई। जब रामप्रसाद को इस बात का पता चला तो वह

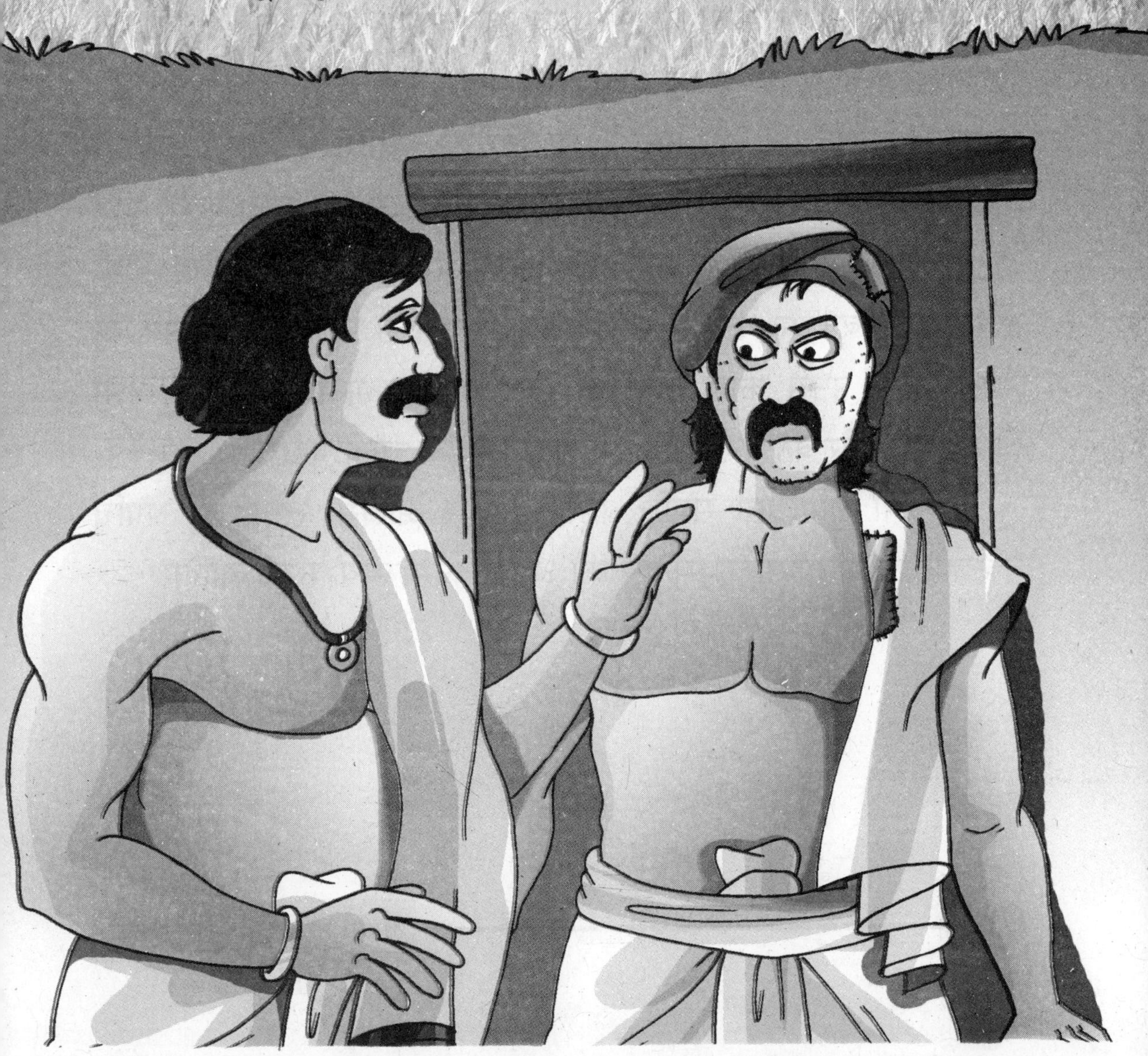

भैंरोमल के पास आकर बोला, ''यदि आप अपने खेत बेचना चाहते हैं तो कृपया मुझे दे दीजिए। मैं तुम्हारे खेतों की पूरी कीमत दूँगा।''

रामप्रसाद की बातें सुनकर भैंरोमल को बहुत आश्चर्य हुआ, वह रामप्रसाद से बोला, ''इतने सारे खेत होने पर भी मैं महाजन का ऋणी हो गया और तुम मेरे थोड़े से खेतों पर काम करते हो, लगान आदि का खर्च निकालकर तुम अपने परिवार का पालन करते हो, फिर तुम्हारे पास मेरे खेतों को खरीदने के लिए रुपए कहाँ से आए?''

रामप्रसाद ने भैंरोमल को समझाते हुए कहा, ''मैंने रुपए खेतों की उपज से बचाकर ही इकट्ठे किए हैं। भला मुझे रुपए कौन देगा। हाँ, आपकी खेती कराने और मेरी खेती करने के तरीके में बहुत अंतर है। आप नौकर और मजदूरों से काम कराने के लिए आओ-जाओ कहते रहते हो, इसी कारण से तुम्हारी सारी धन-दौलत समाप्त हो गई और खेतों को बेचने की नौबत आ गई। मैं मजदूर तथा नौकरों से पहले काम करने को तैयार होकर उनसे काम करने के लिए आओ-आओ कहता हूँ। इसी कारण मैं अमीर बन गया और मेरी संपत्ति बढ़ती चली गई।''

परिश्रमी लोगों की संपत्ति बढ़ती है और आलसी लोगों की संपत्ति नष्ट हो जाती है। इसलिए मनुष्य को अपना काम स्वयं करना चाहिए।

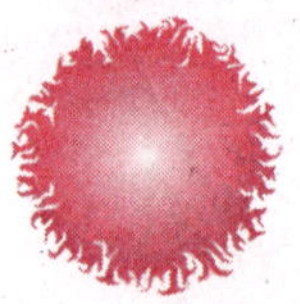

अतिथि सत्कार

घर आए अतिथि का आदर-सत्कार करना मनुष्यों का ही नहीं, पक्षी और पशु का भी धर्म है। धर्म का पालन संसार में सभी प्राणी करते हैं। ऐसी ही एक कथा हमें पुराणों से सुनने को मिलती है कि एक बार एक बहेलिया जंगल में चिड़ियों को पकड़ने के लिए घूम रहा था। वह सुबह से शाम तक इधर-से-उधर घूमता रहा, लेकिन उसके जाल में एक भी चिड़िया नहीं फँसी।

एक बार की बात है, कड़ाके की सर्दी पड़ रही थी। वह बहेलिया जाल लेकर जंगल में बहुत दूर निकल गया। उसके जाल में चिड़िया भी नहीं फँसी और दिन छिपने के कारण अँधेरा भी हो गया। वह घर से जंगल में इतनी दूर था कि वहाँ से लौटना मुमकिन नहीं था। इसलिए वह रात गुजारने के विचार से उसी पेड़ के नीचे बैठ गया।

तभी अचानक बिजली कड़कने लगी। वर्षा के साथ-साथ ओले भी पड़ने लगे, जिससे सर्दी और भी बढ़ गई। बहेलिए के कपड़े भीग गए। तेज हवा के कारण वह सर्दी से थर-थर काँपने लगा। अब बहेलिया न तो घर ही जा सकता था और न ही कपड़े ही बदल सकता था। उसके पास सर्दी से बचने का कोई साधन नहीं था।

जिस पेड़ के नीचे बहेलिया बैठा था, उसी पेड़ के ऊपर कबूतर और

कबूतरी का जोड़ा रहता था। बहेलिए को सर्दी से काँपता देखकर कबूतर कबूतरी से बोला, ''वैसे तो यह हमारा शत्रु है और हमारी जान का दुश्मन भी है। लेकिन आज यह हमारे यहाँ अतिथि है। इसकी सेवा करना हमारा धर्म है। रात बीतने के साथ-साथ अभी सर्दी और भी बढ़ेगी। यदि यह रात भर ठंड में इसी तरह सिकुड़ता रहा तो इसकी मृत्यु निश्चित है। इसकी

मृत्यु का पाप हमें लगेगा। हमें इसकी सर्दी दूर करने का उपाय करना चाहिए।''

बहेलिए की जान बचाने के लिए कबूतर और कबूतरी ने अपना घोंसला नीचे गिरा दिया। कबूतरी उड़कर गई और अपनी चोंच में एक जलती हुई लकड़ी लेकर आ गई। तब तक कबूतर ने इधर-उधर से कुछ और तिनके इकट्ठे करके नीचे गिरा दिए। कबूतरी ने जैसे ही तिनकों पर जलती हुई लकड़ी डाली तो आग जलने लगी। इसके बाद बहेलिए ने आस-पास से और लकड़ियाँ इकट्ठी करके आग में डाल दीं। इस प्रकार बहेलिए की सर्दी दूर हो गई।

बहेलिया भूख से व्याकुल हो रहा था। भूख के कारण उसका मुख सूख रहा था। वह अग्नि के प्रकाश में इधर-उधर देख रहा था कि भूख मिटाने के लिए कुछ खाने के लिए मिल जाए। बहेलिए को भूखा देखकर कबूतरी बोली, ''अतिथि तो भगवान् का रूप होता है। जिसके घर से अतिथि भूखा जाए, उसके सभी पुण्य नष्ट हो जाते हैं। आज यह बहेलिया हमारा अतिथि है और भूखा भी है। इसकी भूख मिटाने के लिए हमारे पास कुछ भी नहीं है। इसलिए मैं जलती हुई आग में कूद जाती हूँ, जिससे यह मेरा मांस खाकर अपना पेट भर सके।''

इतना कहकर कबूतरी जलती हुई आग में कूद गई। कबूतर ने सोचा कि कबूतरी के छोटे से शरीर से इस बहेलिए का पेट कैसे भरेगा, इसलिए मैं भी अग्नि में कूदकर अपना मांस इसे दे दूँ। इस प्रकार कबूतर ने भी आग में कूदकर अपनी जान दे दी।

अतिथि सत्कार के लिए कबूतर और कबूतरी को जलता हुआ देखकर बहेलिया रोने लगा। वह अपने मन में यही सोच रहा था कि वास्तव में ये पक्षी कितने भाग्यशाली हैं, जिन्होंने मुझ जैसे दुष्ट व्यक्ति की जान बचाने के लिए अपनी जान दे दी और अपना धर्म निभाया।

बहेलिए ने देखा कि आकाश से फूलों की वर्षा होने लगी और बाजे बजने लगे। तभी आकाश मार्ग से एक विमान उतरा और कबूतर-कबूतरी देवताओं का रूप धारण करके विमान में बैठकर दिव्य लोक को चले गए। बड़े-बड़े राजा-महाराजा और ऋषि-मुनियों को जिस दिव्यलोक की प्राप्ति नहीं होती, उसी लोक को कबूतर और कबूतरी ने आसानी से प्राप्त कर लिया। यह देखकर बहेलिए ने भी उनसे अतिथि-सत्कार की शिक्षा ग्रहण की।

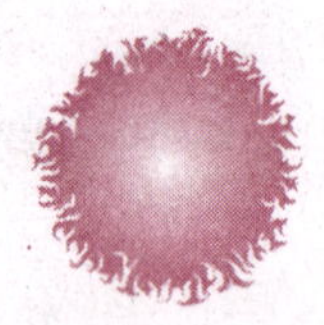

उपकार का बदला

कोई व्यक्ति कितना भी दुष्ट क्यों न हो, लेकिन उसे उपकार करनेवाले को कभी नहीं भूलना चाहिए। उपकार का बदला चुकाने की प्रवृत्ति मनुष्यों में ही नहीं, पशु-पक्षियों में भी देखी जा सकती है।

एक जंगल में बहुत ही बलवान शेर रहता था। जंगल के सारे जीव उसे देखकर दूर से ही डर जाते थे। एक बार उसके पैर में काँटा चुभ गया। शेर ने अपने नाखूनों से उस काँटे को निकालने की बहुत कोशिश की, लेकिन वह काँटा निकालने में सफल नहीं हुआ। शेर को बहुत पीड़ा हो रही थी। वह दर्द से छटपटा रहा था। वह ठीक से चल भी नहीं पा रहा था।

तभी शेर की नजर सामने पेड़ के नीचे बैठे एक गड़रिए पर पड़ी, जो शेर को देखकर बुरी तरह से डरा हुआ था। शेर लँगड़ाता हुआ धीरे-धीरे चलकर उस गड़रिए के पास चला आया। गड़रिए ने डर के कारण भागने की कोशिश भी नहीं की। गड़रिया जानता था कि यदि वह भागने की कोशिश करेगा तो शेर उसे दो ही छलाँग में पकड़ लेगा और जान से मार डालेगा।

गड़रिए को यह देखकर बहुत आश्चर्य हुआ कि शेर न तो गरजा और न ही गुर्राया, बल्कि अपने पैर को उसके आगे कर दिया। गड़रिए ने देखा कि उसके पैर में काँटा चुभा है और खून निकल रहा है। शेर को सहायता की आवश्यकता थी। गड़रिए ने दया करके शेर के पैर से काँटा निकाला तो शेर

चुपचाप जंगल की ओर चला गया।

कुछ दिन बाद राजा के घर पर चोरी किसी ओर ने की, लेकिन पुरानी दुश्मनी के कारण गड़रिए पर चोरी का आरोप लगा दिया। राजा ने सोचा कि इसने चोरी का सामान कहीं छिपाकर रख दिया है। इसलिए सच्चाई जाने बिना ही गड़रिए को दंड सुना दिया।

जैसे ही गड़रिए को सजा देने का दिन निश्चित किया गया, तो सभी यह जानने के लिए बेचैन थे कि आखिर राजा गड़रिए को क्या सजा सुनानेवाला है। हाथों में हथकड़ी लगाकर गड़रिए को और एक भयंकर शेर को पिंजरे में बंद करके लाया गया। राजा की आज्ञा होते ही सिपाहियों ने गड़रिए को शेर के सामने छोड़ दिया, ताकि शेर उसे झपटकर मार डाले। जिससे कोई भी ऐसा कार्य करने की सोच भी न सके।

निहत्थे, लाचार गड़रिए को शेर के सामने देखकर वहाँ उपस्थित सभी लोग भय से काँपने लगे कि अब यह शेर गड़रिए को जीवित नहीं छोड़ेगा। कुछ लोगों ने तो भय के कारण आँखें बंद कर लीं। लेकिन गड़रिए के शत्रु शेर को देखकर मन-ही-मन खुश हो रहे थे।

परंतु उस समय लोगों के आश्चर्य का ठिकाना न रहा, जब वह शेर गड़रिए के पास आकर बैठ गया और पूँछ हिलाने लगा। यह वही शेर था, जिसके पैर से गड़रिए ने काँटा निकाला था। शेर ने गड़रिए को पहचान लिया, इसलिए शेर ने कुछ भी नुकसान नहीं पहुँचाया।

जब राजा ने देखा कि शेर जैसा हिंसक जानवर भी उपकार करने वाले को नहीं भूलता और उपकार का बदला चुकाता है तो इनसान को भी उपकार करनेवाले का बदला चुकाना चाहिए। जो मनुष्य उपकार करनेवाले को भूल जाते हैं, वे सचमुच ही पशु के समान होते हैं। उनका जीवन पृथ्वी पर भार के समान ही होता है।

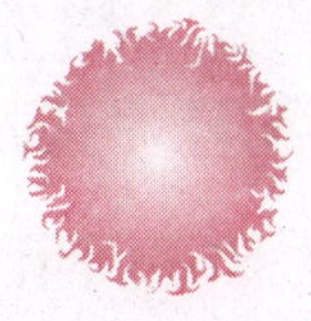

सत्य की रक्षा

एक बार एक शिकारी शिकार की खोज में जंगल की ओर गया। घूमते-घूमते वह एक तालाब पर पहुँचा। उस तालाब पर जंगल के पशु पानी पीने के लिए आते थे। शिकारी ने थकान मिटाने के लिए तालाब के ठंडे-ठंडे पानी में हाथ-मुँह धोए और थोड़ा सा पानी पिया। शिकारी को बहुत तेज भूख लगी थी और थकान भी महसूस हो रही थी। शिकारी ने मन में सोचा कि इस तालाब पर पशु पानी पीने जरूर आते होंगे। यदि मैं यहाँ छिपकर बैठ जाऊँ तो मुझे आसानी से शिकार मिल सकता है। ऐसा मन में विचार करके वह पेड़ पर छिपकर बैठ गया।

कुछ ही देर में पानी पीने के लिए एक हिरणी तालाब पर आई और शिकारी ने हिरणी को मारने के लिए जैसे ही धनुष पर बाण चढ़ाया, तो हिरणी ने शिकारी को देख लिया। शिकारी से हिरणी ने कहा, "भाई, मुझ पर दया करो। मैं जानती हूँ कि तुम्हारे बाणों से मेरा बचना मुश्किल है। यदि तुम मुझे थोड़ी देर के लिए जाने दो तो मैं अपने बच्चों को दूध पिलाकर उन्हें अपनी सहेली हिरणी को सौंपकर शीघ्र ही लौट आऊँगी। कसम खाकर कहती हूँ कि मैं अवश्य ही लौट आऊँगी।"

हिरणी की बात सुनकर शिकारी हँसने लगा और मन में सोचने लगा कि यह हिरणी मरने के लिए मेरे पास क्यों आएगी। फिर भी इसके बच्चों

की खातिर इसे एक मौका देना ही चाहिए। यदि मेरी किस्मत में होगा तो मुझे दूसरा शिकार मिल जाएगा। इसलिए शिकारी ने हिरणी की बात पर विश्वास करके उसे जाने दिया।

कुछ ही देर में काले रंग का एक हिरण तालाब पर पानी पीने के लिए आया। शिकारी ने हिरण को मारने के लिए जैसे ही धनुष पर बाण चढ़ाया तो वह हिरण बोला, ''भाई, मुझे अपनी हिरणी और बच्चों से अलग हुए

बहुत देर हो चुकी है। वे सब मेरा इंतजार कर रहे होंगे। तुम मुझ पर दया करके जाने दो। मैं हिरणी और बच्चों को देखकर उन्हें समझाकर शीघ्र लौट आऊँगा। तब तुम मुझे अपना आहार बना लेना। मैं शपथ देता हूँ कि शीघ्र ही लौट आऊँगा।''

शिकारी को बहुत भूख लगी थी। उसे हिरण के ऊपर बहुत क्रोध आया। वह इंतजार करना नहीं चाहता था। लेकिन उसने हिरण को यह सोचकर छोड़ दिया कि शायद आज मेरी किस्मत में भूखा रहना ही लिखा है।

हिरणी अपने बच्चों के पास गई और उन्हें दूध पिलाकर प्यार भरी निगाहों से देखा और सारी बात अपनी सहेली हिरणी को बताकर बच्चे उसे सौंप दिए। तभी वहाँ हिरण भी आ गया। हिरण हिरणी से मिला और सारी बातें उसे बता दीं। बच्चे अपने माता-पिता से बिछुड़ना नहीं चाहते थे। इसलिए वे उनके साथ चलने की जिद करने लगे। बहुत समझाने पर भी जब बच्चे नहीं माने तो हिरण और हिरणी उन्हें भी साथ लेकर शिकारी के पास पहुँच गए।

हिरण और हिरणी ने शिकारी से कहा, ''भाई, हम मरने के लिए तैयार हैं। तुम शीघ्र ही हमें मारकर हमारे मांस से अपनी भूख मिटाओ।'' सत्य की रक्षा करने वाले हिरण और हिरणी को देखकर शिकारी हैरान होकर बोला, ''तुम दोनों पशु होकर भी अपनी बात के सच्चे हो। सत्य की रक्षा करने के लिए तुमने अपने प्राणों का मोह भी नहीं किया। मनुष्य जाति में जन्म लेकर भी मैं कितना दुष्ट और पापी हूँ, जो अपना पेट भरने

और धन कमाने के लिए निर्दोष पशुओं की हत्या करता हूँ।''

शिकारी ने मन में किसी भी पशु की हत्या न करने का निश्चय कर लिया। शिकारी ने अपना धनुष-बाण तोड़कर वहीं फेंक दिया। तभी आकाश से एक विमान उतरा। उसमें से उतरकर एक देवदूत ने शिकारी से कहा, ''सत्य की रक्षा करने के कारण हिरण और हिरणी पाप-मुक्त हो गए हैं। ये हमारे साथ स्वर्ग जाएँगे। इन जीवों पर दया करने के कारण तुम भी इनके साथ स्वर्ग चलो।''

देखते-ही-देखते हिरण, हिरणी और उनके बच्चों का रूप देवताओं ने ले लिया। शिकारी का रूप देवता के रूप में परिवर्तित हो गया। दया और सत्य की रक्षा करने के कारण ही वे सब स्वर्गलोक को चले गए।

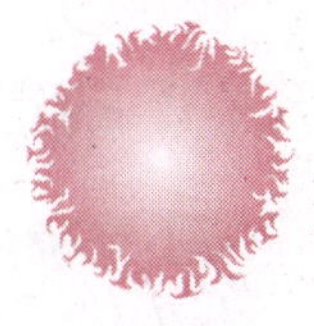

अपनी सहायता स्वयं करो

एक किसान और धोबी में बहुत गहरी दोस्ती थी। किसान ने एक गाय व एक घोड़ा पाल रखा था और धोबी ने एक गधा व एक बकरी पाल रखी थी। दोनों मित्र अपने-अपने पशुओं को लेकर जंगल में चले जाते और शाम होने पर ही घर लौटते थे। किसान और धोबी पेड़ की छाया में बैठकर गपशप करते और चारों पशु आराम से घास चरते रहते। दिन भर एक साथ रहने के कारण उनमें गहरी दोस्ती हो गई। चारों पशुओं का अब एक-दूसरे के बिना दिल नहीं लगता था।

उसी जंगल में एक खरगोश भी रहता था। उसका कोई साथी नहीं था। खरगोश ने जब चारों पशुओं को देखा तो वह सोचने लगा-'मुझे भी इनसे मित्रता कर लेनी चाहिए। यदि ये बड़े-बड़े पशु मेरे मित्र बन जाएँ तो मुझे किसी से भी डरने की आवश्यकता नहीं।'

खरगोश उन चारों के साथ दोस्ती करने के इरादे से बार-बार उनके पास जाता। खरगोश उन्हीं के साथ सारा दिन उछल-कूद करता और हरी घास चरता। धीरे-धीरे वे सभी खरगोश के मित्र बन गए। खरगोश इस बात से बहुत खुश था कि उसे अब पास में रहने वाले कुत्ते से डरने की जरूरत नहीं थी।

एक दिन वही कुत्ता खरगोश के पीछे भागने लगा। कुत्ते से जान

बचाकर खरगोश गाय के पास जाकर बोला, "गौ माता, यह दुष्ट कुत्ता मुझे मारने के लिए आया है। तुम इसे अपने सींगों से मारकर भगा दो।" गाय बोली, "मेरा बछड़ा भूखा है और मेरा घर जाने का समय हो रहा है। मुझे जल्दी घर पहुँचना है। तुम घोड़े से जाकर मदद माँग लो।"

खरगोश जान बचाने के लिए घोड़े के पास जाकर बोला, "भाई घोड़े, हम दोनों एक साथ चरते हैं। मैं तुम्हारा मित्र हूँ, यह कुत्ता मुझे मारना चाहता है, इसलिए मुझे अपनी पीठ पर बैठाकर दूर ले चलो।" घोड़े ने

कहा, ''तुम ठीक कहते हो, लेकिन मैं क्या करूँ, मुझे तो बैठना नहीं आता, इसलिए मैं खड़ा-खड़ा ही सोता हूँ। तुम मेरी पीठ पर कैसे चढ़ोगे। वैसे भी आजकल मेरे खुर बढ़ने के कारण मैं न तो ठीक से दौड़ सकता हूँ और न ही पैर फटकार सकता हूँ।''

घोड़े की बातों से निराश होकर खरगोश गधे के पास जाकर बोला, ''मित्र गधे, मेरी रक्षा करो। यदि तुम इस दुष्ट कुत्ते पर एक दुलत्ती मार दो तो मेरे प्राण बच सकते हैं।'' गधे ने कहा, ''देखो खरगोश भाई, गाय और घोड़ा दोनों इस समय घर जा रहे हैं, यदि मैं इनके साथ घर नहीं गया तो धोबी डंडा मारकर मेरा कचूमर निकाल देगा। इस समय मैं यहाँ नहीं रुक सकता। गाय और घोड़े के साथ मुझे तो घर जाना ही पड़ेगा।''

चारों तरफ से विवश होकर खरगोश जब बकरी के पास गया तो बकरी बोली, ''खरगोश भाई, मुझे कुत्ते से बहुत डर लगता है। तुम्हारे पीछे कुत्ता पड़ा है, कृपा करके तुम मेरे पास मत आना।''

खरगोश जिन्हें अपना मित्र समझता था, उनमें से किसी ने भी उसकी मदद नहीं की। अब खरगोश भागते-भागते एक झाड़ी में छिप गया। कुत्ते ने उसे खोजने की बहुत कोशिश की, लेकिन खरगोश का कहीं पता नहीं चला। कुत्ते के चले जाने के बाद खरगोश ने चैन की साँस ली। खरगोश ने मन में सोचा कि कभी किसी पर विश्वास नहीं करना चाहिए। दूसरों पर विश्वास करने से धोखा ही मिलता है। इनसान हो या पशु, सबको अपनी सहायता स्वयं करनी चाहिए।

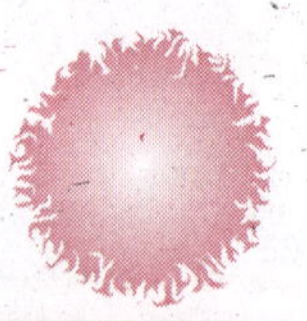

अभिमान का फल

एक धनी सेठ के पुत्रों ने एक कौआ पाल रखा था। वे अपने खाने से जो भी जूठन बचाते, सब कौवों को खिला देते थे। पौष्टिक और स्वादिष्ट भोजन खाने के कारण कौआ बहुत मोटा-ताजा हो गया। कौवे को अपने ऊपर बहुत अभिमान हो गया। वह घमंड के कारण अपने से श्रेष्ठ पक्षियों को भी तुच्छ समझकर उनका अपमान करने लगा।

पास में ही एक बहुत बड़ा तालाब था। एक दिन कुछ हंस उड़कर उस तालाब पर आ गए। सेठ के पुत्रों को वे हंस बहुत अच्छे लगे और वे हंसों की प्रशंसा करने लगे। अभिमानी कौवे को हंसों की प्रशंसा करना अच्छा नहीं लगा। कौआ उनके पास जाकर बोला, "मैं उड़ने की सौ गतियों को जानता हूँ और प्रत्येक गति से सौ योजन तक उड़ने की क्षमता रखता हूँ। उद्दीन, अवजीन, प्रडीन, डीन इन गतियों में से तुम जिस गति से भी चाहो मेरे साथ प्रतियोगिता कर सकते हो।"

हंस सीधे और सरल स्वभाव के थे। वे कौवे को समझाते हुए बोले, "हम तो दूर-दूर तक उड़ने वाले पक्षी हैं। हमारा तो निवास स्थान मानसरोवर भी यहाँ से बहुत दूर है। तुम हंसों के साथ कैसे उड़ पाओगे। तुम्हें हमारे साथ प्रतियोगिता करने का कोई लाभ नहीं है।"

हंस ने कौवे से कहा, "हम तो अन्य पक्षियों के समान उड़ने की केवल एक गति जानते हैं। और उसी गति से उड़ेंगे, हम तुम्हारी तरह से

उड़ने की इतनी सारी गतियाँ नहीं जानते हैं।''

हंस की बात सुनकर कौवे का अभिमान और भी बढ़ गया। दोनों ने अपनी-अपनी गति से उड़ने की बात स्वीकार कर ली। तभी वहाँ पर और पक्षी भी आ गए। दूसरे पक्षियों के सामने हंस और कौवे ने मानसरोवर की ओर उड़ना प्रारंभ किया।

झूठे अभिमान में चूर कौआ समुद्र के ऊपर आकाश में अनेक प्रकार की

कलाबाजियाँ दिखाता हुआ पूरी शक्ति के साथ इस प्रकार उड़ा कि हंस से आगे निकल गया। हंस अपनी स्वाभाविक गति से धीरे-धीरे उड़ता रहा। कौवे को आगे निकलता देखकर दूसरे कौवे भी खुश होने लगे।

कुछ ही देर में कौवे ने देखा कि उसके पंख थकने लगे हैं और वह विश्राम करने के लिए कोई वृक्ष देखने लगा। लेकिन दूर-दूर तक पानी के अलावा कुछ दिखाई नहीं दिया। धीरे-धीरे कौवे की गति धीमी होती चली गई। कौआ बुरी तरह थक चुका था। इसलिए कौआ समुद्र की लहरों के पास गिरने की स्थिति में पहुँच गया।

धीरे-धीरे उड़ता हुआ हंस कौवे से बहुत आगे निकल गया। हंस थोड़ी ही दूर पर रुककर कौवे की प्रतीक्षा करने लगा। जैसे ही कौआ हंस के पास आया तो बोला, ''काक, तुम्हारी चोंच और पंख समुद्र के पानी में डूब रहे हैं। यह तुम्हारी कौन सी गति है'' हंस के व्यंग्य वचन सुनकर कौआ करुण स्वर में बोला, ''हंस, हमें दूर तक उड़ना नहीं आता। हम कौवे तो केवल काँव-काँव करना ही जानते हैं। मुझे अपने झूठे अभिमान का फल मिल चुका है। कृपा करके मेरी जान बचा लो।''

अचेत, अधमरे और जल से भीगे कौवे को देखकर हंस को दया आ गई। हंस ने अपने पैरों से कौवे को उठाकर अपनी पीठ पर बैठा लिया और धीरे-धीरे जिस स्थान से चले थे, उसी स्थान पर लाकर कौवे को पटक दिया। तब कहीं जाकर कौवे के प्राण बचे। इसके बाद कौवे ने अभिमान करना छोड़ दिया।

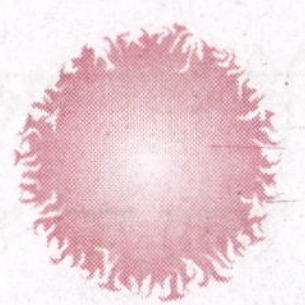

बोला तो मरा

एक नगर में एक राजा था, किंतु उसके कोई संतान नहीं थी। संतान-प्राप्ति के लिए उसने पूजा-पाठ, यज्ञ सबकुछ किया, किंतु कोई लाभ नहीं हुआ । एक बार उसी नगर में एक संत आए। राजा भी संत से मिलकर संतान-प्राप्ति का उपाय पूछने लगे। संत ने दुखी होकर कहा, ''महाराज, आपके भाग्य में संतान का सुख नहीं है। इसलिए तुम सांसारिक सुखों को छोड़कर भगवान् की पूजा-आराधना में मन लगाओ।''

संत की बात सुनकर राजा दुखी मन से महल लौट रहा था कि रास्ते में उन्हीं संत के शिष्य से भेंट हो गई। शिष्य ने राजा से पूछा, ''महाराज, यहाँ पधारने का कष्ट कैसे किया?'' राजा ने दु:खी होकर कहा, ''संतान-प्राप्ति की इच्छा से संत के पास गया था, लेकिन कोई लाभ नहीं हुआ। जब मेरे भाग्य में संतान है ही नहीं तो इसमें संत क्या कर सकते हैं।'' शिष्य ने राजा को सांत्वना देते हुए कहा कि आप चिंता न करे, भगवान् की कृपा से आपके संतान भी हो जाएगी। शिष्य की बात सुनकर राजा खुशी मन से महल लौट आया।

जब गुरुजी को इस बात का पता चला तो वे शिष्य पर बहुत नाराज हुए कि तुमने राजा से संतान होने की बात क्यों कही। संतान तो राजा के भाग्य में है ही नहीं। अब तुमने राजा को संतान होने का वचन दिया है तो

तुम्हें राजा के घर पुत्र के रूप में जन्म लेना पड़ेगा।

कुछ दिन बाद राजा के घर में पुत्र ने जन्म लिया। वैसे तो वह पुत्र सभी शुभ लक्षणों से संपन्न था, लेकिन वह कुछ बोलता नहीं था। बड़े-बड़े वैद्य-डॉक्टरों ने इलाज किया, लेकिन कोई लाभ नहीं हुआ। निराश होकर राजा ने नगर में घोषणा कर दी कि जो कोई राजकुमार को बुलवा देगा, उसे एक लाख रुपए का इनाम मिलेगा। रुपए के लालच में

अनेक व्यक्ति आए, लेकिन वे राजकुमार को बुलवा न सके।

धीरे-धीरे राजकुमार बड़ा होने लगा। एक दिन नौकर राजकुमार को घुमाने के लिए जंगल में ले गए। वहाँ एक शिकारी पेड़ पर छिपकर पक्षी को खोज रहा था, ताकि उसे मार सके। इतने में ही एक पक्षी बोल उठा। आवाज सुनकर शिकारी ने उस पक्षी को मार गिराया।

पक्षी के गिरते ही राजकुमार के मुख से निकला, "बोला तो मरा।" राजकुमार को बोलता देखकर नौकर बहुत खुश हुए और तुरंत राजा को समाचार दिया कि आज जंगल में राजकुमार बोले हैं। लेकिन राजा ने कह दिया कि जब राजकुमार मेरे सामने बोलेगा तो मैं तुम्हारी बात पर यकीन करूँगा। राजा के सामने नौकरों ने राजकुमार को बुलवाने की बहुत कोशिश की, लेकिन राजकुमार नहीं बोला। राजा ने क्रोधित होकर नौकर को फाँसी की सजा सुना दी। राजकुमार फिर बोल पड़ा, "बोला तो मरा।"

राजकुमार के मुख से एक ही शब्द को बार-बार सुनकर राजा को बहुत हैरानी हुई। राजा के पूछने पर राजकुमार ने कहा, "महाराज, जिसने आपको संतान होने का आशीर्वाद दिया था, मैं वही साधु हूँ।"

आपके भाग्य में संतान नहीं थी। लेकिन मैं बोल पड़ा, इसलिए मुझे आपके घर पुत्र के रूप में जन्म लेना पड़ा। अगर मैं चुप रहता तो मुझे दोबारा जन्म नहीं लेना पड़ता। जंगल में पक्षी बोला तो शिकारी द्वारा मारा गया। नौकरों के द्वारा मेरे बोलने की सूचना देने पर आपने उन्हें फाँसी की सजा सुना दी। अंत में राजकुमार ने 'बोला तो मरा' कहकर अपने प्राण त्याग दिए।

वहम मिट गया

मुकुंद नाम के एक व्यक्ति ने बड़े संत को अपना गुरु बना लिया। मुकुंद ने गुरु तो बना लिया, लेकिन गुरु की बात मानकर सांसारिक मोह नहीं छोड़ा। भगवान् की भक्ति को छोड़कर हमेशा गृहस्थ में ही फँसा रहा। उसे विश्वास था कि उसके बच्चे और पत्नी उसे बहुत प्यार करते हैं। वे शायद उसके बिना इस संसार में जीवित नहीं रह पाएँगे। जब कभी संत मुकुंद को अपने आश्रम में बुलाते तो वह यही कहता कि महाराज मैं अपने पुत्र और पत्नी को अकेला छोड़कर कैसे आऊँ, वे मेरे बिना अकेले नहीं रह सकते। मेरे अलावा उनका इस संसार में कोई नहीं है। मेरे बिना उनका पालन-पोषण कौन करेगा?

एक दिन संत ने मुकुंद से कहा कि यह तुम्हारा वहम है कि तुम्हारी पत्नी और पुत्र तुम्हारे बिना जीवित नहीं रह सकते। तुम्हें यदि मेरी बात पर विश्वास नहीं है तो परीक्षा करके देख लो। मुकुंद ने संत की बात मान ली और परीक्षा लेने के लिए तैयार हो गया। संत ने उसे प्राणायाम द्वारा साँस रोकना सिखा दिया।

मुकुंद एक दिन अपने परिवार के साथ नदी में स्नान करने गया। उसने नदी में डुबकी लगाकर अपना श्वास रोक लिया। अंदर-ही-अंदर जंगल से होकर वह संत के आश्रम में पहुँच गया। मुकुंद जब बहुत देर तक नदी से बाहर नहीं आया तो उसके परिवारवालो को उसकी चिंता सताने लगी। उन्होंने नदी के अंदर उसे बहुत खोजा, किंतु मुकुंद का कहीं

पता न चला। अंत में मुकुंद के परिवारवालों को विश्वास हो गया कि वह निश्चित रूप से नदी में बह गया है। चारों तरफ मुकुंद के नदी में बह जाने का समाचार फैल गया।

अब मुकुंद के मित्रों ने सोचा कि बेचारा मुकुंद तो मर गया। अब उसके परिवार का पालन-पोषण कौन करेगा। हमें उसके परिवार का पालन-पोषण करना चाहिए। ऐसा सोचकर सबने मुकुंद के परिवार की मदद करने का निश्चय कर लिया। दाल, चावल, आटा, चीनी सब वस्तुओं का प्रबंध मुकुंद के मित्रों ने कर दिया। रहने के लिए धर्मशाला में एक कमरा दे दिया। कुछ पैसे भी दे दिए, जिन्हें वे जरूरत के समय खर्च कर सकें।

कुछ दिन बाद मुकुंद की पत्नी संत के पास गई तो संत ने कहा, ''तुम्हें कोई तकलीफ तो नहीं हो रही है, घर का खर्च कैसे चल रहा है?'' मुकुंद की पत्नी बोली, ''महाराज, जानेवाले की पूर्ति तो कभी नहीं हो सकती, लेकिन हमारा जीवन-निर्वाह पहले से भी अच्छा हो रहा है। मेरे पति के मित्रों ने जरूरत की सभी वस्तुएँ घर में रखवा दी हैं। अब परेशानी कैसी?'' मुकुंद छिपकर बैठा अपनी पत्नी की सारी बातें सुन रहा था।

इसी प्रकार कुछ दिन और बीत गए। संत ने मुकुंद से कहा कि अब तुम एक दिन घर जाकर अपने परिवारवालों को देखो कि वे किस प्रकार रह रहे हैं। मुकुंद संत की आज्ञा से रात के समय घर आया और दरवाजा खटखटाया तो उसकी पत्नी ने दरवाजा नहीं खोला और अंदर से बोली, ''कौन है?''

मुकुंद बोला, ''मैं हूँ, किवाड़ खोल!''

मुकुंद की आवाज सुनकर उसकी पत्नी डर गई। उसने सोचा कि शायद मुकुंद का भूत होगा। वह डरती हुई बोली, ''तुम तो मर चुके हो। मैं किवाड़ नहीं खोलूँगी। तुम्हें देखकर बच्चे डर जाएँगे। तुम्हारे मित्रों की सहायता से हमारे परिवार का जीवन-निर्वाह पहले से बहुत अच्छा हो रहा है। आप हमारी चिंता मत करो। कृपा करके यहाँ से लौट जाओ। हमें सबसे बड़ा दुःख तो यही है कि तुम वापस आ गए हो। तुम्हारे जाने के बाद हमें कोई दुःख नहीं है। हमारे ऊपर मेहरबानी करके दोबारा हमारी जिंदगी में कभी मत आना।''

पत्नी की बातें सुनकर मुकुंद का वहम मिट गया और वह निराश होकर संत के आश्रम में लौट गया। इसके बाद मुकुंद ने सांसारिक माया-मोह त्याग दिया।

निन्यानबे का चक्कर

किसी नगर में एक सेठ रहता था। उसकी बहुत बड़ी हवेली थी। उसके घर में धन-दौलत की कोई कमी नहीं थी। सभी सुख-सुविधाएँ घर में मौजूद थीं। नौकर घर का सारा काम करते थे। घर में रोज स्वादिष्ट भोजन बनता था और सभी लोग प्रेम से रहते थे।

सेठ की हवेली के पास में ब्राह्मण का एक छोटा सा परिवार रहता था। उस परिवार की आर्थिक स्थिति अच्छी नहीं थी। जिस प्रकार आमदनी कम थी, उसी प्रकार रहन-सहन का स्तर भी साधारण था। किंतु सेठानी और ब्राह्मणी दोनों हमेशा ही एक-दूसरे के पास बैठी रहती थीं। यदि सेठानी कहती कि हमने दाल-चावल बनाए हैं तो ब्राह्मणी कहती कि हमने आज खीर-पूरी बनाई हैं। ब्राह्मणी रोज सेठानी को खाने की अच्छी-अच्छी चीजों के नाम बताती थी।

एक दिन सेठानी ने सेठ से कहा, "यदि कोई धनी व्यक्ति स्वादिष्ट भोजन करे तो बात समझ में आती है। लेकिन एक साधारण व्यक्ति महँगाई के समय में रोज-रोज स्वादिष्ट भोजन कैसे कर सकता है? साधारण लोगों के पास माल खाने के लिए पैसे कहाँ से आते हैं?"

सेठ ने कहा, "अभी निन्यानबे के चक्कर में नहीं पड़े हैं, इसलिए माल खाते हैं। जिस दिन वे निन्यानबे के चक्कर में पड़ जाएँगे, उसी दिन

माल खाना छोड़ देंगे। सेठानी सेठ के कहने का तात्पर्य समझ नहीं पाई। वह अपने मन में सोचने लगी कि यह निन्यानबे का चक्कर क्या है?

दूसरे दिन सेठ ने निन्यानबे रुपए लेकर एक कपड़े की पोटली में बाँध दिए और सेठानी से कहा कि इस पोटली को पड़ोस के ब्राह्मण के घर में फेंक देना। रात में सबके सोने के बाद सेठानी ने वह पोटली ब्राह्मण के घर में फेंक दी। सुबह ब्राह्मण जब सोकर उठा तो पोटली को देखकर हैरान रह गया। ब्राह्मणी और ब्राह्मण पोटली को अंदर ले गए और

खोलकर देखा। निन्यानबे रुपए प्राप्त करके वे दोनों बहुत खुश हुए।

ब्राह्मण को केवल इस बात का दुःख था कि सौ रुपए में एक रुपया कम है। ब्राह्मणी ने कहा, ''आप चिंता क्यों करते हैं। हम दो-तीन दिन घर का खर्च कुछ कम कर देंगे तो एक रुपया बच जाएगा और पूरे सौ रुपए हो जाएँगे।''

अब ब्राह्मण और ब्राह्मणी ने पैसे बचाने शुरू कर दिए। और दो-तीन दिन में ही एक रुपया बचा लिया। इस प्रकार उनके पास सौ रुपए हो गए। अब वे सोचने लगे कि जब दो-तीन दिन में ही हमने एक रुपया बचा लिया तो यदि हम पहले से ही रुपए बचाते तो हमारे पास न जाने कितने रुपए जुड़ जाते।

अब तो ब्राह्मण और ब्राह्मणी प्रतिदिन पैसे जोड़ने के चक्कर में लगे रहते। वे यही सोचते कि एक-एक रुपया जोड़ेंगे तो सौ रुपए हो जाएँगे। इस प्रकार हमारे पास रुपया बढ़ता ही जाएगा। धीरे-धीरे उन्हें रुपए से प्यार हो गया और वे कंजूसी करके रुपया बचाने में लग गए।

एक दिन सेठ ने सेठानी से कहा कि तुम ब्राह्मणी से जाकर पूछो कि आज उसने क्या बनाया है। सेठानी तुरंत ब्राह्मणी के घर गई और बोली, ''आज तुमने खाने में क्या बनाया है?'' ब्राह्मणी बोली, ''चटनी पीस ली थी, उसी से रोटी खा ली।'' तब कहीं जाकर सेठानी की समझ में आया कि निन्यानबे के चक्कर का क्या अर्थ है।

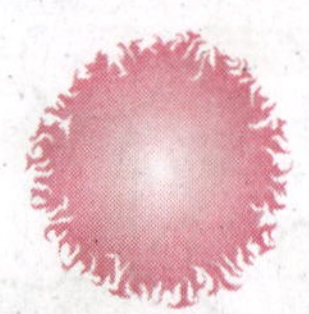

सच्चा स्वाँग

एक राजा था, उसे तरह-तरह के स्वाँग और नाटक देखने का बहुत शौक था। उसके राज्य में एक बहुरुपिया भी रहता था। वह तरह-तरह के स्वाँग भरने के लिए बहुत प्रसिद्ध था। उस पर देवी माँ की ऐसी अनुकम्पा थी कि वह जो भी स्वाँग धारण करता, उसमें कोई गलती नहीं करता। देखनेवालों को स्वाँग में पूरी सच्चाई दिखाई पड़ती थी।

एक बार राजा ने बहुरुपिया से साधु का स्वाँग लाने के लिए कहा। बहुरुपिया ने राजा की बात मान ली और साधु का स्वाँग लाने के लिए कुछ दिनों के लिए वह बाहर चला गया। लंबी दाढ़ी बढ़ जाने के बाद वह उसी शहर में साधु का स्वाँग लेकर आया। वह संतों की तरह ही व्यवहार करता और जो कुछ भी भिक्षा में मिल जाता, उसी से संतुष्ट रहता। पूरे शहर में शोर मच गया कि बहुत बड़े साधु आए हैं, जो ज्ञान की बातें बताते हैं।

जब यह समाचार राजा को मिला तो राजा ने अपने मंत्री से कहा कि तुम जाकर देखो, कहीं वह बहुरुपिया ही तो साधु का स्वाँग लेकर नहीं आया। जब मंत्री वहाँ आया तो उसने बहुरुपिया को पहचान लिया और राजा को बहुरुपिया की सच्चाई बता दी।

राजा ने एक थाल में बहुत सारी सोने की अशर्फियाँ भरीं और कुछ कपड़े इत्यादि तथा पूजा का सामान लेकर संत से मिलने चल दिए। राजा के साथ में कुछ मंत्री भी थे। राजा बहुत ठाठ-बाट से साधु के पास गया और सारा सामान उसके सामने रखकर प्रार्थना की, ''महाराज, यह सब आपके लिए है, कृपा करके स्वीकार कीजिए।'' साधु ने सामान को हाथ भी नहीं लगाया और शिव-शिव कहकर वहाँ से उठ गया। साधु के चले जाने पर वहाँ उपस्थित भक्तजनों को बहुत क्रोध आया कि राजा ने साधु को नाराज कर दिया।

कुछ ही समय बाद बहुरुपिया राजा के महल में जाकर अपना इनाम माँगने लगा। राजा ने कहा, "तू बड़ा मूर्ख आदमी है, जब मैंने इतनी सारी अशर्फियाँ तेरे सामने रखीं तो तूने तब क्यों नहीं लीं?" राजा की बात सुनकर बहुरुपिया बोला, "महाराज, उस समय तो मैं साधु का स्वाँग कर रहा था। यदि उस समय मैं अशर्फियाँ ले लेता तो साधु के स्वाँग को बट्टा लग जाता और देवी माँ मुझसे नाराज हो जाती! मैं अपने स्वाँग को बिगाड़ना नहीं चाहता था, इसलिए मैंने उस समय कुछ नहीं लिया।" बहुरुपिया की बात सुनकर राजा बहुत खुश हुआ और उसे बहुत सारा इनाम देकर विदा किया।

राजा ने बहुरुपिया से दूसरी बार शेर का स्वाँग लाने के लिए कहा। बहुरुपिया ने राजा से हाथ जोड़कर कहा, "महाराज, मैं शेर का स्वाँग तभी लाऊँगा जब आप मुझे क्षमा कर देंगे। क्योंकि शेर का स्वाँग लाने में हानि भी हो सकती है।" राजा के क्षमा करने पर बहुरुपिया कुछ ही दिन में शेर की खाल पहनकर राजा के सामने आ गया। वह राजा के सामने शेर की तरह ही बैठ गया। तभी राजा का लड़का वहाँ खेलता हुआ आया और शेर बने बहुरुपिया को जोर से लकड़ी मारी। तभी शेर ने जोर से दहाड़ लगाई और राजा के लड़के को खा गया। बेटे के मरने का राजा को बहुत दु:ख हुआ, लेकिन वचन देने के कारण राजा ने बहुरुपिया को क्षमा कर दिया।

राजमहल का नाई बहुरुपिया से बहुत ईर्ष्या करता था। उसने राजा से कहा, "महाराज, इस बार सती का स्वाँग मँगाओ। जैसे सती पति के पीछे

जलकर मर जाती है, वैसे ही यह बहुरुपिया भी मर जाएगा और इसे राजकुमार को मारने का दंड भी मिल जाएगा। राजा को नाई की बात समझ में आ गई। उन्होंने तुरंत बहुरुपिए को बुलाकर सती का स्वाँग लाने के लिए कह दिया।

बहुरुपिया शहर गया। शहर से एक मुरदा लेकर उसने सोलह शृंगार किया और ढोल-बाजे के साथ सती होने के लिए श्मशान की तरफ चल दिया। जब राजा को इस बात का पता चला तो अपने आदमियों से कहा कि इसे अच्छी तरह से जलाना। यह जीवित नहीं बचना चाहिए।

श्मशान घाट पर नदी के किनारे बहुत सारी लकड़ियों का ढेर लगवाकर बहुरुपिया मुरदे को गोद में लेकर बैठ गया। जैसे ही लकड़ियों में आग लगाई तो देवी माँ की कृपा से बहुत तेज आँधी और वर्षा के कारण आग बुझ गई और लकड़ियाँ नदी में बह गईं। बहुरुपिया लकड़ियों पर तैरता हुआ नदी के किनारे पर पहुँच गया और उसकी जान बच गई।

कुछ महीने बाद जब बहुरुपिया राजा से इनाम माँगने के लिए पहुँचा तो राजा ने कहा, "अरे, तुम जीवित कैसे बच गए?" बहुरुपिए ने उत्तर दिया, "महाराज, मैं मर तो गया था, लेकिन देवी माँ की कृपा से दोबारा आ गया हूँ।" राजा ने कहा, "यदि तू मर गया था तो क्या मेरे पिताजी और परदादा से मिला था।" बहुरुपिए ने कहा, "महाराज, आपके पिताजी और परदादाजी से मिला था, वहाँ उनके बाल और नाखून बहुत बढ़ गए। इसलिए उन्होंने राजमहल के नाई को बुलाया है। जैसे आपके बाप-दादा वहाँ गए, मैं भी गया, वैसे ही नाई भी जाएगा।"

बहुरुपिया की बात सुनकर नाई बुरी तरह डर गया। वह सोचने लगा कि अब मेरी मृत्यु निश्चित है। यदि राजा ने मुझे आज्ञा दे दी तो कोई नहीं बचा सकता। अब नाई दौड़कर बहुरुपिया के पास गया और पैरों में गिरकर क्षमा माँगने लगा। नाई के गिड़गिड़ाने पर बहुरुपिया को दया आ गई और उसने नाई को क्षमा करके राजा को सारी सच्चाई बता दी कि किस प्रकार लकड़ियों के नदी में बह जाने से उसकी जान बची थी।

बहुरुपिया ने कहा, "महाराज, मैंने जब सती का स्वाँग किया, तब भी मैं मरने से नहीं डरता था। आप जो भी स्वाँग कहेंगे, मैं वैसा ही स्वाँग लेकर आऊँगा। देवी माँ की कृपा से कभी भी स्वाँग नहीं बिगड़ सकता। मनुष्य भाई-बहन, पुत्र-पुत्री, बेटा-बेटी आदि का जो भी स्वाँग भरे, उसे पूरी सच्चाई और ईमानदारी से निभाना चाहिए। जो मनुष्य अपने कर्तव्य का पालन ईमानदारी से करता है, उसकी भगवान् हमेशा रक्षा करते हैं।"

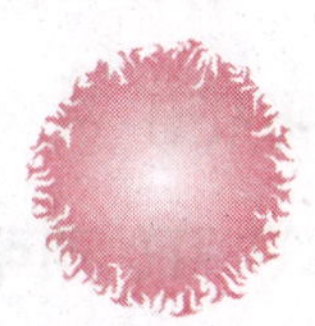

संतों की शरण

एक गाँव में एक ठाकुर रहता था। वह बहुत अमीर था। उसके घर का काम अकसर नौकर ही किया करते थे। सेठ के घर एक गरीब लड़का गाय-भैंसों की देखभाल का काम करता था। उसके परिवार में और कोई नहीं था। वह इस संसार में बिलकुल अकेला था। उसका नाम भोलू था। भोलू सेठ के गाय-बछड़ों को लेकर जंगल में चला जाता और दोपहर को सेठ के यहाँ ही खाना खा लेता था।

एक दिन भोलू जब दोपहर को घर आया तो सेठ की नौकरानी ने उसे खाने के लिए ठंडी रोटी और प्याज दी। उस दिन भोलू का मन कुछ अच्छा खाने का था। उसने नौकरानी से कहा कि थोड़ी सी छाछ दे दो। रूखी रोटी खाई नहीं जाती। इस पर नौकरानी ने कहा, ''चल हट, तेरे लिए छाछ नहीं है। रूखी रोटी खानी है तो खा, वरना तेरी मरजी।'' नौकरानी के द्वारा अपमान किए जाने पर भोलू को बहुत गुस्सा आया और वह घर छोड़कर चला गया। रास्ते में वह यही सोच रहा था कि बछड़े चराने पर भी दोपहर में सूखी बाजरे की रोटी देते हैं और छाछ माँगने पर अपमान करते हैं। यहाँ रहने से तो अच्छा है कि शहर में जाकर काम करूँ।

जब भोलू शहर में पहुँचा तो वहाँ उसने कुछ संतों को देखा, जो

भजन-कीर्तन में लगे हुए थे। संतों ने भोलू को भोजन कराया। भोजन के बाद भोलू ने कहा, "महाराज, मेरे परिवार में कोई नहीं है। कृपया मुझे भी अपनी मंडली में शामिल कर लो। साधुओं ने उसे अकेला समझकर अपनी मंडली में शामिल कर लिया। इसके बाद भोलू पढ़ने के लिए काशी गया और विद्वान् बन गया। कुछ समय बाद वह मंडलेश्वर बन गया। मंडलेश्वर बनने के बाद भोलू को ठाकुर के गाँव में अपनी मंडली के साथ आने का निमंत्रण मिला। बचपन में वह जिस ठाकुर के यहाँ काम करता था,

वह ठाकुर अब बहुत बूढ़ा हो चुका था। उस ठाकुर ने भी मंडलेश्वर की मंडली में आकर सत्संग में भाग लिया और प्रार्थना की, ''महाराज, कृपया मेरी कुटिया में आने का कष्ट करें। आपके आने से हमारी कुटिया पवित्र हो जाएगी।'' ठाकुर का निमंत्रण पाकर मंडेलश्वर बहुत प्रसन्न हुए।

दूसरे दिन मंडलेश्वर अपनी मंडली के साथ ठाकुर के घर पर पधारे। सत्संग आदि के बाद सब भोजन करने बैठ गए। सामने खाने की मेज पर तरह-तरह के स्वादिष्ट खाद्य पदार्थ रखे हुए थे। ठाकुर साहब नौकर के साथ मंडलेश्वर के पास आए। उसके साथ में हलवे का पात्र लिये हुए नौकर भी था। ठाकुर ने मंडलेश्वर से कहा, ''महाराज, यदि आप थोड़ा सा हलवा मेरे हाथ से लेंगे तो मुझे बड़ी खुशी होगी।'' ठाकुर के मुख से ये शब्द सुनकर मंडलेश्वर बोले, ''ठाकुर साहब, मैं वही भोलू हूँ, जिसे आपके घर से थोड़ी सी छाछ के लिए अपमानित करके निकाल दिया था। आपके घर की नौकरानी द्वारा अपमानित होकर मैं काशी गया, पढ़ाई की और मंडलेश्वर बनकर आज आपके सामने बैठा हूँ। आप, आपका आँगन भी वही हैं, मैं भी वही हूँ और आप भी वही हैं। मेरी किस्मत देखिए कि आप मुझे अपने हाथ से प्रसाद दे रहे हैं।''

मंडलेश्वर ने कहा, ''ठाकुर साहब, जिस घर से कभी छाछ नहीं मिली, उसी घर से आज भगवान का प्रसाद मिल रहा है और यह सब संतों की शरण में जाने से ही हुआ है। यदि कोई व्यक्ति भगवान् की शरण में चला जाए तो वह संतों के द्वारा भी सम्मानित हो जाता है। भगवान् की शरण में जाने के लिए सब स्वतंत्र हैं और ऐसा मौका बार-बार नहीं मिलता।

साधु बना राजा

एक साधु थे, उन्हें सांसारिक सुखों से कोई भी मतलब नहीं था। उनके पास जो कुछ भी था, वे उसी में खुश थे। उन्हें भगवान् पर बहुत विश्वास था। साधु का मानना था कि इस संसार में सबकुछ भगवान् की इच्छा से होता है। भगवान् की मरजी के बिना एक पत्ता भी नहीं हिलता। इसलिए मनुष्य के जीवन में अच्छा बुरा जो कुछ भी होता है, उसे भगवान् की इच्छा समझकर स्वीकार करना चाहिए।

एक बार साधु महाराज शहर के लिए रवाना हुए। किसी कारण से उन्हें रास्ते में ही रात हो गई। जब वे शहर पहुँचे तो शहर का मुख्य द्वार बंद हो चुका था। अब वे साधु न तो गाँव ही वापस लौट सक़ते थे और न ही शहर के अंदर प्रवेश कर सकते थे। इसलिए साधु महाराज शहर के मुख्य द्वार के बाहर ही सो गए।

संयोग से उस दिन शहर के राजा का देहांत हो गया। राजा का कोई पुत्र नहीं था। इसलिए राजा के सगे-संबंधी राज्य के लिए लड़ने लगे। सभी राज्य पर अपना-अपना अधिकार दिखाने लगे। मंत्रियों और प्रजाजनों ने मिलकर निर्णय लिया कि प्रातःकाल जो शहर में सबसे पहले प्रवेश करेगा, वही इस शहर का राजा होगा।

प्रातःकाल होने पर जैसे ही मुख्य द्वार खोला गया तो उस साधु ने सबसे

पहले शहर के अंदर प्रवेश किया। लोग जय-जयकार करने लगे। हथिनी ने साधु को सूँड़ से उठाकर अपनी पीठ पर बैठा लिया। ढोल-बाजों के साथ साधु को राजमहल में ले गए और राजगद्दी पर बैठा दिया।

साधु की समझ में कुछ नहीं आया कि उसे इस तरह गद्दी पर क्यों बैठा दिया गया है। बाद में साधु को पता चला कि वह अब इस शहर का राजा बन चुका है। साधु ने भगवान् की मरजी समझकर राजगद्दी सँभाल ली और तुरंत आज्ञा देते हुए बोले, हमारे लिए एक बक्सा लेकर आओ। महाराज की आज्ञानुसार तुरंत एक

बक्सा आ गया। महाराज ने राजा की पोशाक पहनी और पुराने वस्त्र उतारकर बक्से में रख दिए। अब साधु बाबा राज-काज देखने लगे।

बाबा न तो सांसारिक सुखों को भोगना चाहते थे और न ही उन्हें धन का लालच था। इसलिए उन्नति होने लगी। राजकोष भी धन से भर गया, प्रजा भी बहुत खुश थी।

राज्य की समृद्धि और वैभव को देखकर पड़ोसी राजा ने सोचा कि बाबा तो शांतिप्रिय हैं, वे लड़ाई करना नहीं जानते, इसलिए उसने बाबा के राज्य पर चढ़ाई कर दी। जब बाबा को इस बात का पता चला तो उन्होंने मंत्री से कह दिया, ''हम लड़ाई नही करेंगे।''

कुछ देर में गुप्तचरों ने बाबा को सूचना दी कि शत्रु सेना नजदीक आ रही है। बाबा ने फिर कहा, ''शत्रु सेना को आने दो।'' इसके बाद बाबा ने पड़ोसी राजा के पास संदेश भिजवाया कि आप यहाँ क्यों आए हैं?'' पड़ोसी राजा ने भी कह दिया, ''हम राज्य लेने के लिए आए हैं।''

बाबा ने पड़ोसी राजा से कहा कि राज्य लेने के लिए आपको लड़ाई करने की जरूरत नहीं है। बाबा ने अपना बक्सा खोला और पुराने कपड़े पहन लिये। खड़ाऊँ आदि पहनकर बाबा बिलकुल तैयार होकर बोले, ''मैंने इतने दिन इस राज्य में रोटी खाई आप खाओ। इस राज्य को सँभालनेवाला कोई नहीं था। इसलिए यहाँ रुका रहा था। अब तुम आ गए हो तो अपना राज्य स्वयं सँभालो और अब व्यर्थ में लड़ाई करने से कोई लाभ नहीं है। अब मेरे जाने का समय हो चुका है।''

हमें प्रत्येक कार्य को भगवान् की मरजी समझकर निष्काम भाव से करना चाहिए।

हल्ला मत करो

एक राजा था, वह अपनी सभा में रोज एक प्रश्न पूछता था। उसके प्रश्न का जो भी कोई ठीक-ठीक उत्तर देता, उसे राजा बहुत सा धन इनाम में दे देता था। किंतु जब तक राजा को प्रश्न के उत्तर से पूरी तरह संतुष्टि नहीं हो जाती तब तक वह किसी को कुछ नहीं देता था।

एक दिन राजा ने अपने मंत्रियों से पूछा, "यदि किसी को कोई दुर्लभ वस्तु मिल जाए तो उसे क्या करना चाहिए?" किसी ने उत्तर दिया कि उसे सुरक्षित रखना चाहिए और किसी ने कहा कि उसे तिजोरी में बंद कर देना चाहिए। सभी मंत्रियों ने अपनी बुद्धि से सोचकर उत्तर दिए, किंतु राजा को किसी का भी उत्तर संतोषजनक नहीं लगा।

दूसरे दिन राजा ने पूरे नगर में ढिंढोरा पिटवा दिया कि जो कोई भी उसके प्रश्न का सही-सही उत्तर देगा, उसे बहुत सारा इनाम दिया जाएगा। राज्य के अनेक लोगों ने राजा से अपनी बात कही। लेकिन राजा किसी के उत्तर से भी संतुष्ट नहीं हुआ।

उसी राज्य में एक बनिया रहता था। उसने राजा के कर्मचारियों से कहा, "यदि किसी को दुर्लभ वस्तु मिल जाए तो वह चुप रहे, हल्ला न करे।" राजा को बनिए की बात बहुत अच्छी लगी। राजा ने अपने कर्मचारियों से कहलवा दिया कि हम कल बनिए के घर उससे मिलने जाएँगे।

बनिया एक साधारण से घर में रहता था, जब राजा बनिए के घर पधारे तो उसने राजा को एक बोरी पर बैठा दिया। राजा ने बनिए से कहा, ''हम तुम्हारी बात से बहुत खुश हैं। तुम जो चाहो हम से माँग लो।'' बनिया बहुत चतुर था। वह तुरंत बोला, ''महाराज, आप मेरे घर कभी बिना बुलाए मत आना और न ही मिलने के लिए मुझे बुलाना।'' बनिए की बात सुनकर राजा आश्चर्यचकित रह गया।

राजा ने बनिए से कहा, "यदि तुम आज मुझसे सारा राज्य भी माँगते तो मैं खुशी-खुशी दे देता, किंतु तुम्हारे कहने का तात्पर्य क्या है, मेरी समझ में नहीं आ रहा। बनिया बोला, "महाराज, मैंने आपको अपने घर आने और मुझे राजमहल बुलाने के लिए मना किया है, किंतु मैं आपसे कभी नहीं मिलूँगा, यह मैंने नहीं कहा।"

बनिए ने अपनी बात स्पष्ट करते हुए कहा कि मैंने आपको यहाँ आने से इसलिए मना किया है, क्योंकि यदि आप यहाँ आओगे तो लोग समझेंगे कि मेरी आप से जान-पहचान है। इसके बाद लोग मुझे परेशान करेंगे, कोई कहेगा कि मेरी नौकरी लगवा दो, कोई कहेगा कि मेरी सजा माफ करा दो, मेरा यह काम करा दो। मेरे लिए हर रोज नई-नई मुसीबतें पैदा हो जाएँगी। मैं नहीं चाहता कि लोगों की सिफारिशें लेकर मैं रोज आपके पास आऊँ। इसलिए आप यहाँ न आएँ तो अच्छा है। मेरी जब इच्छा होगी तब आपसे मिलने चला आऊँगा। अब हमें एक-दूसरे से मिलने की कोई आवश्यकता नहीं है।

बनिए की बुद्धिमानी और चतुराई से राजा बहुत खुश हुआ। उसे बहुत सा इनाम दिया। इसके बाद राजा कभी बनिए से मिलने नहीं गया और न ही कभी बनिए को अपने यहाँ बुलाया।

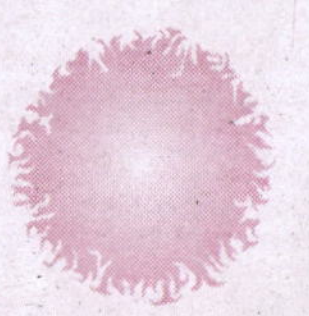

पाप का फल

प्राय: मनुष्य यही सोचता है कि मैंने पाप तो किया नहीं, लेकिन मुझे दंड मिला। या मेरा पाप तो बहुत छोटा था, लेकिन मुझे दंड अधिक मिल गया। लेकिन ऐसा नहीं होता है। क्योंकि सर्वज्ञ और सर्वसमर्थ परमात्मा का यह विधान है कि पाप से अधिक दंड किसी को नहीं मिलता और जो दंड उसे मिलता है, वह पाप के अनुसार ही होता है।

किसी गाँव में भीम नाम का एक व्यक्ति रहता था। उसके घर के सामने एक सुनार रहता था। सुनार के पास अकसर सोना आता और वह उसके जेवर बनाकर दे देता था। एक बार जेवर बनाने के लिए बहुत सारा सोना आया। सुनार के पास सोना होने की बात पहरेदार को पता चल गई। पहरेदार ने रात को ही सुनार की हत्या कर दी।

जब पहरेदार सुनार की हत्या करके सोने का बक्सा लेकर भाग रहा था, तो भीम ने उसे देख लिया और पहरेदार को पकड़कर बोला, यह बक्सा लेकर कहाँ भाग रहा है? इस पर पहरेदार ने भीम से कहा, ''चुप रहो, शोर मत करो, इस बक्से में जो कुछ भी है, आधा-आधा बाँट लेंगे।'' भीम ने पहरेदार की बात नहीं मानी तो पहरेदार ने भीम से कहा, ''देख, मेरी बात मान ले, वरना पछताएगा।'' इतना कहकर पहरेदार ने बक्सा नीचे रखा और सीटी बजा दी। सीटी की आवाज सुनकर दूसरे

सिपाही भी वहाँ पर आ गए और भीम को पकड़ लिया। भीम ने दूसरे सिपाहियों से बहुत कहा कि यह चोरी मैंने नहीं की, किंतु किसी ने उसकी बात नहीं सुनी। सिपाहियों ने सुनार के घर में घुसकर देखा तो वहाँ सुनार की लाश पड़ी हुई थी। सिपाहियों ने लाश को अपने कब्जे में लेकर भीम को थाने भेज दिया।

जब भीम पर मुकदमा चलाया गया तो उसे फाँसी की सजा हो गई। फाँसी की सजा सुनते ही भीम ने कहा, "मेरे साथ यह बहुत बड़ा अन्याय है। भगवान् के दरबार में भी न्याय नहीं है। मैं निर्दोष हूँ, तो भी मुझे फाँसी की सजा हो गई और अपराधी बेदाग छूट गया।" भीम के ये शब्द सुनकर न्यायाधीश का हृदय पिघल गया कि शायद यह निर्दोष हो। इसलिए न्यायाधीश ने दोबारा जाँच करने की अनुमति दी।

न्यायाधीश ने सच्चाई का पता लगाने के लिए अपने मित्र के घर दो सिपाहियों को भेजा। एक तो चारपाई पर लेट गया और खून से लथपथ चादर ओढ़ ली, जिससे सबको लगे कि चारपाई पर लाश पड़ी हुई है। दूसरा सिपाही भीम और पहरेदार को दिखाने के लिए बोला कि साहब, मेरे भाई की हत्या हो गई है। तब न्यायाधीश ने पहरेदार और भीम को लाश उठाने के लिए अपने मित्र के घर भेज दिया।

भीम और पहरेदार चारपाई को उठाकर ला रहे थे, तब पहरेदार ने भीम से कहा, "यदि तुम उस दिन मेरी बात मान लेते तो तुम्हें बहुत सारा सोना भी मिलता और फाँसी की सजा भी नहीं होती।" तब भीम ने कहा, "मैंने तो सच ही बोला था। फाँसी की सजा हो गई तो मैं क्या करूँ? हत्या तूने की और सजा मुझे मिली। वास्तव में भगवान् के यहाँ भी न्याय नहीं मिलता।"

खाट पर लेटा हुआ व्यक्ति भीम और पहरेदार की सारी बातें सुन रहा था, जैसे ही चारपाई को न्यायाधीश के सामने रखा गया, तो चारपाई से आदमी उठकर बैठ गया और न्यायाधीश को सारी बातें सच-सच बता दीं। न्यायाधीश को पहरेदार और भीम के बीच में होनेवाली बातें सुनकर

बहुत आश्चर्य हुआ। न्यायाधीश ने पहरेदार को बंदी बना लिया और भीम से बोला, "इस मामले में तो तुम निर्दोष हो, लेकिन इस जन्म में क्या तुमने कभी किसी की हत्या की है?"

भीम ने कहा, "साहब, एक आदमी मेरी पत्नी से छिप-छिपकर मिलता था। एक दिन मैंने उसे देख लिया। क्रोध में आकर मैंने उसकी हत्या कर दी और लाश को नदी में फेंक दिया। इस बात का किसी को पता नहीं चला।"

भीम की बातें सुनकर न्यायाधीश को बहुत आश्चर्य हुआ। न्यायाधीश ने संतोष की साँस लेकर कहा कि अब तुम्हें उसी पाप का फल भोगना पड़ेगा। वैसे तुमने पहरेदार को पकड़वाकर अपने कर्तव्य का पालन किया है और तुम्हें जो दंड मिला है, वह उसी हत्या का फल है। मनुष्य को अपनी रक्षा करने का अधिकार है, किंतु किसी की जान लेने का अधिकार नहीं है।

कर्तव्य का पालन करने के कारण उसे उस हत्या के पाप का फल यहीं पर मिल गया और वह परलोक के भयंकर दंड से बच गया।

इस लोक में जो दंड भोग लेता है, तब उसको थोड़े में ही मुक्ति मिल जाती है। मनुष्य के किए गए पाप का फल कब मिलेगा, इसका किसी को कुछ पता नहीं है। जब पुराने पुण्य समाप्त हो जाते हैं तब उस पाप की बारी आती है। मनुष्य को पाप का फल तो भोगना ही पड़ेगा। चाहे वह इस जन्म में भोगे या अगले में।

प्रत्येक मनुष्य को पाप के अनुसार ही दंड भोगना पड़ता है।

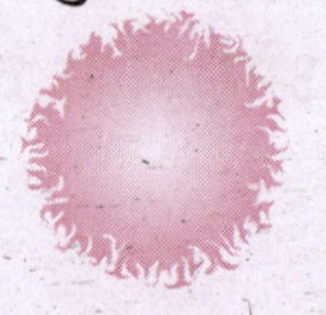

आदर्श बहू

एक धनी सेठ के सात बेटे थे। सातों बेटों का विवाह हो चुका था। सातवें बेटे की बहू समझदार माँ-बाप की संस्कारी बेटी थी। सबसे छोटी बहू बहुत नेक और सुशील स्वभाव की थी। सेठ के परिवार में सभी लोग बड़े ही प्यार से रहते थे। सब की रसोई एक थी। एक ही रसोई में सारी बहुएँ मिल-जुलकर खाना पकाती थीं।

वैसे तो सभी बहुएँ मिल-जुलकर खाना पकाती थीं, लेकिन कभी-कभी उनमें खटपट हो जाती थी। जब वे आपस में कहतीं कि तूने मेरी बारी पर खाना नहीं बनाया, तो मैं तेरी बारी पर खाना क्यों बनाऊँ? एक दिन छोटी बहू सवेरे नहा-धोकर रसोई में खाना बनाने बैठ गई और स्वादिष्ट भोजन बनाकर सबको प्रेम से खाना खिलाया। घर के सभी सदस्यों ने छोटी बहू की बहुत प्रशंसा की।

दोपहर को सास छोटी बहू के कमरे में जाकर बोली, ''बहू, तुम खाना क्यों बनाती हो? घर का काम करने के लिए हम हैं।'' छोटी बहू ने उत्तर दिया, ''माँजी, यदि कोई अतिथि घर में आ जाए तो उसे भोजन कराना गृहस्थ का धर्म हैं। ऐसा करने से पुण्य की प्राप्ति होती है और काम करने से शरीर भी स्वस्थ रहता है। घर का सामान तो आपका ही है, मैं तो सिर्फ मेहनत करके आपको तृप्त करती हूँ। इसलिए सारा पुण्य मुझे ही मिलेगा।''

छोटी बहू की बात सास और बड़ी जेठानियों ने सुनी तो बहुत खुश हुई

और दूसरे दिन से ही काम करने की होड़ लग गई। सास और बहू में से जो कोई भी जल्दी उठ जाती, वही रसोई बना लेती।

दूसरे दिन छोटी बहू सुबह उठकर चक्की से आटा पीसने लगी। जब सास ने पूछा तो बोली, ''माँ आटा पीसने से शरीर स्वस्थ रहता है और व्यायाम भी हो जाता है। वैद्य-डॉक्टर के पास चक्कर भी नहीं लगाने पड़ते। खाना बनाने से भी अधिक पुण्य का काम आटा पीसने का है। इसलिए आटा तो मैं ही पीसूँगी।''

जब यह बात सास और जेठानियों ने सुनी तो उन्होंने सुबह उठकर

आटा पीसना शुरू कर दिया। सास-बहू ने मिलकर इतना आटा पीस लिया कि सेठ को आटे की दुकान पर बिक्री करनी पड़ी। सबने सोचा कि छोटी बहू तो बड़ी चतुर और बुद्धिमान है। घर में आटा पीसने से तो आमदनी भी बढ़ गई।

दूसरे दिन छोटी बहू ने सुबह उठकर कुएँ से सारा पानी भर दिया। जब नौकर पानी भरने आया तो सेठ के पूछने पर छोटी बहू बोली, "आप वैशाख माहात्म्य के विषय में तो जानते ही हैं। इस महीने में पानी पिलाने का जितना पुण्य मिलता है, उतना भोजन खिलाने का भी नहीं।"

अब तो सास-बहू मिलकर सारा पानी भर देतीं और नौकर खाली बैठा रहता। अब छोटी बहू सोचने लगी कि वह क्या करे? सबके खाना खाने के बाद छोटी बहू बरतन साफ करने लगी और बोली, "माँजी जितना छोटा काम होता है उसका पुण्य उतना ही बड़ा मिलता है। जब पांडवों ने यज्ञ किया था तब श्रीकृष्ण ने झूठी पत्तलें उठाई थीं। जूठन उठाने का बड़ा पुण्य होता है।"

बरतन माँजने के साथ-साथ छोटी बहू घर में झाड़ू लगाने का भी काम करने लगी। सास के पूछने पर कहने लगी-"माँजी, वन में ऋषि-मुनि भी आश्रम की अपने हाथों से सफाई करते हैं। सेवा करने का बड़ा ही महत्त्व होता है। भगवान् राम ऋषि-मुनियों के आश्रम से पहले शबरी की कुटिया में गए, क्योंकि शबरी रात में ही पंपासर का रास्ता साफ करती थी, जिससे ऋषि-मुनियों के पैर में कंकड़ न चुभें।"

अब बड़ी जेठानियाँ सोचने लगीं कि छोटी बहू तो सारा पुण्य खुद ही लेना चाहती है और सारा काम करना चाहती है। इसलिए सारी बहुएँ और

सास भी बरतन माँजने और झाड़ू लगाने में लगी रहतीं।

कहा जाता है कि जिस घर में प्रेम होता है, वहाँ स्वयं भगवान् का निवास होता है। जहाँ आपसी वैर-भाव होता है वहाँ दरिद्रता आती है। जब घर का सारा काम बहुएँ करने लगीं तो आमदनी भी बढ़ने लगी। नौकर दुकान और खेत का काम देखते तो कोई भी चीज बेकार नहीं जाती। सेठ ने धन की बचत देखी तो उसने सारी बहुओं को गहने बनवा दिए। नए-नए गहने पाकर बहुएँ बहुत खुश हुईं।

छोटी बहू अपने जेवर लेकर जेठानी को दे आई और बोली, "मेरे तो अभी कोई संतान नहीं है। ये जेवर रख लो, आपके बच्चों की शादी-विवाह में काम आएँगे।" सास के पूछने पर बह बोली, "माँजी, जैसे काम करने से पुण्य होता है, उसी प्रकार दान देने से भी पुण्य मिलता है।"

छोटी बहू की बात सुनकर सास और जेठानियाँ भी अपनी वस्तुएँ दान में देने लगीं। सास भी यही सोचती कि बुढ़ापे में जितना दान करो, उतना ही पुण्य मिलेगा। अब सास-बहुओं में न तो काम करने के लिए लड़ाई होती और न ही वस्तुएँ लेने के लिए। अब तो सेठ के घर में शांति रहने लगी।

अब सेठ और सेठानी की समझ में आया कि अपनी कन्या का विवाह ऐसे घर में करना चाहिए, जहाँ वह सुखी रह सके और बहू ऐसे घर की लानी चाहिए, जो सुख-शांति बनाए रखे।

मनुष्य को हमेशा अच्छा आचरण करना चाहिए, क्योंकि आचरण का दूसरे व्यक्तियों पर गहरा प्रभाव पड़ता है। छोटी बहू के अच्छे आचरण का पूरे परिवार में ऐसा प्रभाव पड़ा कि घर में सुख-शांति रहने लगी।

बहू का आचरण बुरा हो तो पूरे परिवार में लड़ाई-झगड़े और कलह का वातावरण उत्पन्न हो जाता है, अगर अच्छा हो तो परिवार में सुख-शांति का

वातावरण बन जाता है।

अपने स्वभाव के कारण ही छोटी बहू ने घर में आते ही सबके स्वभाव को बदल दिया। जो बहुएँ पहले काम से जी चुराती थीं, वही अब काम करने के लिए होड़ लगाने लगीं।

संत्सग का असर

एक जंगल में डाकुओं का दल रहता था। उनका सरदार डाकुओं से हमेशा यही कहता था, "किसी भी कथा या सत्संग में कभी मत जाना, वरना हमारा काम बंद हो जाएगा। यदि काम पर जाते समय कहीं कथा या सत्संग सुनाई दे तो वहाँ से कान दबाकर निकल जाना। हो सकता है कि कथा या सत्संग को सुनकर तुम्हारे हृदय में दया की भावना उत्पन्न हो जाए। हमारे पेशे में दया-भावना का कोई स्थान नहीं है।"

डाकू हमेशा अपने सरदार की आज्ञा का पालन करते थे। एक दिन डाकू कहीं जा रहा था कि रास्ते में सत्संग हो रहा था। जाने का दूसरा और कोई रास्ता नहीं था। डाकू विवश था। अब वह क्या करे, इसलिए उसने अपने कानों पर हाथ रखा और सत्संग के सामने से निकलने लगा। तभी डाकू के पैर में जोर से काँटा चुभ गया। काँटे के चुभने से डाकू दर्द से कराहने लगा। उसने एक हाथ से काँटा निकाला और आगे बढ़ गया। काँटा निकालते समय डाकू के कान में यह बात सुनाई दी कि देवता की कोई परछाईं नहीं होती।

एक दिन डाकुओं ने सरकारी खजाने में डाका डाला और सारी धन-दौलत, हीरे-जवाहरात लूटकर ले गए। डाकुओं ने चोरी के सारे धन को जंगल में ले जाकर छिपा दिया, जिससे किसी को कोई शक न हो। इस बात को काफी दिन बीत गए, लेकिन चोर का कहीं पता नहीं चला।

अब राजा ने चोर का पता लगाने के लिए अपने गुप्तचरों को पूरे राज्य में फैला दिया। एक दिन एक गुप्तचर को एक चोर पर शक हो गया। सच्चाई का पता लगाने के लिए वह चोर का पीछा करने लगा।

उसी राज्य में एक काली माँ का मंदिर था। डाकू काली माँ की पूजा किया करते थे। वह गुप्तचर देवी का रूप बनाकर काली की प्रतिमा के पास खड़ा हो गया। कुछ समय बाद डाकू देवी माँ की पूजा करने आए तो गुप्तचर बोला,

"तुमने सरकारी खजाने का सारा धन चुराकर खा लिया और मेरी पूजा भी नहीं की। बताओ, तुमने धन कहाँ छिपाया है? वरना तुम्हारा सर्वनाश कर दूँगी।"

यह सुनकर सभी डाकू डर गए और देवी माँ के चरणों में प्रणाम करके बोले, "माँ, हमें क्षमा कर दो, हम पापी और अज्ञानी हैं। हम आपकी पूजा करना भूल गए। हमारा अपराध क्षमा करें। अभय दान दे दो।" इतना कहकर डाकू धूप-दीप जलाकर देवी माँ की पूजा करने लगे।

जिस डाकू ने सत्संग में सुना था कि देवता की छाया नहीं होती, उसने गुप्तचर को पहचान लिया और बोला, "यह देवी नहीं है, देवी की छाया नहीं होती और इसकी छाया पड़ रही है। यह अवश्य ही कोई जासूस है, जो धोखे से हमें पकड़ना चाहता है।"

उसकी बातें सुनकर डाकुओं का सरदार हैरान रह गया और गुप्तचर की छाया देखकर उसे पकड़ लिया। डाकुओं ने मिलकर उसे बहुत पीटा और गुप्तचर को ही चोर साबित कर दिया।

इस प्रकार सत्संग के असर से डाकुओं ने गुप्तचर को पकड़ लिया और स्वयं बच गए। इसके बाद सभी डाकुओं ने देवी माँ की सौगंध खाई कि वे कभी चोरी-डाका डालने जैसा घिनौना काम नहीं करेंगे। डाकुओं का सरदार देवी माँ से क्षमा माँगकर सीधा सत्संग में चला गया और अपना पूरा जीवन भगवान् के भजन-कीर्तन, सत्संग में बिता दिया।

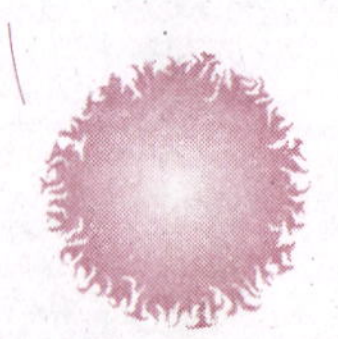

तीन दिन का राज्य

किसी शहर में एक राजा राज्य करता था। उसका केवल एक ही पुत्र था, जो भविष्य में राजगद्दी का हकदार था। राजकुमार जब शिक्षा प्राप्त करने के लिए स्कूल गया तो वहाँ उसके बहुत से मित्र बन गए। राजकुमार के सभी मित्र प्रजाजनों के ही बच्चे थे। प्राय: बच्चों में गरीब-अमीर का भेद नहीं होता। इसलिए राजकुमार अपने मित्रों से बहुत प्रेम करता था।

एक दिन एक बच्चे ने राजकुमार से कहा, ''आप तो राजगद्दी के मालिक हो। अब तो तुम हम से इतना प्रेम करते हो, लेकिन राजगद्दी मिलने पर हमें भूल जाओगे। बड़े होने पर जब तुम मित्रता निभाओगे, तब हम समझेंगे कि तुम हमें कितना प्यार करते हो।''

धीरे-धीरे राजकुमार बड़ा हो गया। राजगद्दी पर बैठा और राज्य का कार्यभार अच्छी तरह से सँभाल लिया। तब राजकुमार ने अपने एक मित्र को बुलाकर कहा, ''तुमने एक दिन कहा कि राजा होने पर यदि तुम मित्रता निभाओ तो जानें। आज मित्रता निभाने का समय आ गया है। मैं तुम्हें तीन दिन के लिए इस राज्य का राजा बनाता हूँ। इस राजगद्दी पर बैठकर राज्य करो।''

राजकुमार का वह मित्र डरकर बोला, ''अन्नदाता, वे सब तो बचपन की बातें थीं। मुझे यह राज्य नहीं चाहिए।'' राजा की आज्ञा टालने की उसमें हिम्मत नहीं थी, इसलिए उसने राजपाट स्वीकार कर लिया। पहला दिन तो

उसने खाने-पीने में ही बिता दिया। रात को राजकुमार से बोला, ''पूरे राज्य के साथ तो रानी भी मेरी है। इसलिए मैं राजमहल में ही सोऊँगा।

राजा बने मित्र की बात सुनकर वह पतिव्रता स्त्री घबरा गई और कुलगुरु देवता से बोली कि अब मैं क्या करूँ? रानी को चिंतित देखकर कुलगुरु ने कहा, ''रानी तुम चिंता मत करो, हम सबकुछ ठीक कर देंगे।''

इसके बाद कुलगुरु ने राजा बने मित्र से कहा कि यदि आपकी इच्छा महल में सोने की है तो तुम्हें राजा की तरह ही जाना होगा। कुलगुरु ने नौकर से कहा कि महाराज का महल में जाने के लिए श्रृंगार करो और वेशभूषा ठीक से तैयार करके पहना दो। नाई से कह दिया कि महाराज के ठीक से बाल कटने चाहिए। बाल काटने, इत्र लगाने में ही पूरी रात बीत गई। तीन दिन इसी तरह बीत गए, लेकिन महाराज का श्रृंगार पूरा नहीं हुआ। आखिर राजकुमार ने अपना राज्य वापस ले लिया।

दूसरे दिन राजकुमार ने दूसरे मित्र को बुलाया और तीन दिन के लिए

उसे अपना राज्य दे दिया। मंत्री ने राजा बने मित्र से कहा, ''घर, महल, सारी फौज, खजाना, इस राज्य की प्रत्येक वस्तु पर तुम्हारा ही अधिकार है।'' उसने शीघ्र ही उच्च अधिकारियों को आज्ञा दी कि इस राज्य में किस चीज की कमी है, पता लगाओ। बिजली-पानी, धर्मशाला, पाठशाला, चिकित्सालय की व्यवस्था जिस गाँव में नहीं है, वह तीन दिन में पूरी हो जानी चाहिए। जितना रुपया-पैसा चाहिए, खजाने से ले लो।

राजा की आज्ञा पाकर प्रत्येक गाँव में पाठशाला, धर्मशाला, अस्पताल बनाने का काम जोर-शोर से शुरू हो गया। तीन दिन के अंदर राज्य के गाँवो में किसी चीज की कमी नहीं रही। सारी सुख-सुविधाओं की व्यवस्था कर दी गई और तीन दिन पूरे होने पर राजसिंहासन राजकुमार को लौटा दिया।

राजकुमार ने खुश होकर अपने मित्र को मंत्री बनाकर अपने पास रख लिया। राजकुमार ने मित्र से कहा, ''राज्य हमें तो विरासत में मिल गया, लेकिन हमें राज्य का काम करना नहीं आया। हमने प्रजा का इतना ध्यान नहीं रखा, जितना आपने तीन दिन में रखा। हम अच्छे राजा तो न बन सके, लेकिन अच्छे मित्र अवश्य बनेंगे। राजकुमार ने अपने मित्र को अपने पास रख लिया।

दूसरों की सेवा करने में ही सुख है। यह मनुष्य जीवन बड़ी मुश्किल से मिलता है। इसे परोपकार में लगाना चाहिए। दूसरों की सुख-सुविधाओं का ध्यान रखना चाहिए। परोपकारी व्यक्ति से भगवान् भी खुश रहते हैं। उसे किसी चीज की कमी नहीं रहती।

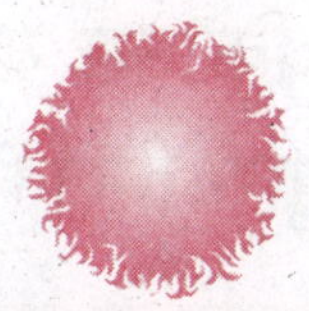

बुद्धिमान राजा

एक नगर में एक राजा था। वह बहुत ही बुद्धिमान था। उसे साधु-संतों पर बहुत विश्वास था। साधु-संतों को देखकर राजा बहुत प्रसन्न होता था। यदि कोई राजा को साधु के वेष में मिल जाता तो वह उसका बहुत आदर और सम्मान करता था। साधु-संतों की मंडली कहीं पर भी होती, राजा उनसे मिलने वहीं पर पहुँच जाता और पूरे आदर-सम्मान के साथ अपने महल में ले आता और उनकी खूब सेवा करता। साधु जिस वस्तु को भी माँगते, वही लाकर देता था। राजा की प्रसिद्धि दूर-दूर तक फैलने लगी।

पड़ोसी राजा ने उसकी प्रसिद्धि की चर्चा सुन ली। वह अकसर यही सोचता था कि राजा कितना मूर्ख है, जो साधु-संतों को सारी दौलत लुटा रहा है। कोई भी साधु बनकर उस राजा को बड़ी आसानी से लूट सकता है। साधु-संतों में अंधी श्रद्धा और विश्वास का होना कोई अच्छी बात नहीं है। उसने एक बहुरुपिए को बुलाकर कहा कि तुम उस राजा के पास साधु का वेश बनाकर जाओ। वह राजा तुम्हारे साथ जैसा भी व्यवहार करे, मुझे सच-सच बताना।

बहुरुपिया बहुत चतुर था। वह साधु का वेष बनाकर राजा के पास चल दिया। वहाँ के राजा ने जब सुना कि उस रास्ते से कोई बड़े साधु आ रहे हैं तो वह नंगे पैर चलकर उस साधु से मिलने पहुँच गया। बड़े आदर-सम्मान

के साथ उस साधु को महल में लाकर खूब सेवा की।

एक दिन राजा ने साधु से कहा, "महाराज आप कुछ ज्ञान की बातें कीजिए। साधु ने कहा, "राजन्, आपको इतना बड़ा राज्य मिला है, धन-दौलत, स्त्री, पुत्र, नौकर सबकुछ भगवान् की कृपा से ही मिला है। सचमुच, आप बहुत किस्मतवाले हैं। भगवान् की आपके ऊपर बड़ी कृपा है।" साधु की सारी बातें राजा चुपचाप सुनता रहा।

दो दिन बीत जाने के बाद साधु राजा से बोला, "अब हम जाना चाहते हैं, हमें आज्ञा दीजिए।"

जब राजा ने देखा कि साधु की जाने की इच्छा है तो वह साधु को सरकारी खजाने में ले गया और बोला, "महाराज जो चाहे ले लीजिए।" साधु ने अपनी इच्छा से सोना, चाँदी, माणिक, मोती, रुपए, पैसे सबकुछ ले लिया और ऊँटों पर लादकर वहाँ से चलने को तैयार हुआ।

जब साधु चलने लगा तो राजा ने कहा, "महाराज, यह सबकुछ तो आपने अपनी इच्छा से लिया है, लेकिन यह चाँदी का बक्सा मैं आपको अपनी ओर से देता हूँ। कृपया इसे स्वीकार करके मुझे कृतार्थ कीजिए।" राजा ने उस चाँदी के बक्से को रेशमी कपड़े में लपेटकर साधु के बक्से में रखवा दिया। साधु उस बक्से को लेकर वहाँ से चल दिया।

साधु अपने राजा के पास पहुँचा और सबकुछ जाकर दिखा दिया। लाखों-करोड़ों का धन-दौलत, सोना-चाँदी देखकर राजा सोचने लगा कि वह राजा तो सचमुच मूर्ख है। उसे सच्चे साधु की पहचान ही नहीं है। साधु के नाम पर अपनी सारी संपत्ति लुटाकर एक दिन वह कंगाल हो जाएगा। इसके बाद साधु ने उस राजा के द्वारा दिया गया चाँदी का बक्सा दिखाकर उसकी चाबी अपने राजा को दे दी। राजा ने उस संदूक को खोलकर देखा तो उसके अंदर दो और चाँदी के बक्से थे, उनके अंदर कुछ नहीं था।

राजा समझ गया कि साधुओं में सच्ची निष्ठा रखनेवाला वह राजा बहुत बुद्धिमान है। तीन बक्से होने का तात्पर्य है– स्थूल शरीर, सूक्ष्म शरीर और कारण शरीर। इनके भीतर कुछ भी नहीं है। बाहर से देखने में बहुत सुंदर लगते हैं, पर अंदर से कुछ भी नहीं। अर्थात् सभी सांसारिक वस्तुएँ नाशवान् हैं।

सबके दाता राम

एक बार बादशाह अकबर जंगल में शिकार खेलने के लिए गए। जंगली जानवर का पीछा करते-करते वे बहुत आगे निकल गए। उनके साथ में कई कर्मचारी और भी थे। भूख और प्यास से बादशाह व्याकुल हो रहे थे। थोड़ी दूर चलने पर उन्हें एक खेत दिखाई दिया। वे खेत के मालिक से बोले, ''भैया, मैं इसी राज्य में रहता हूँ। बहुत जोर से भूख लगी है और प्यास के कारण गला सूख रहा है।''

खेत के मालिक ने उस बादशाह सहित लोगों को भोजन कराया व गन्ने का रस पिलाया और खटिया बिछाकर आराम करने के लिए कहा। बादशाह ने इतना अच्छा शरबत पहले कभी नहीं पिया था। भर पेट रोटी खाकर बादशाह ने खटिया पर कुछ देर आराम किया। आराम करके बादशाह अपने शहर की तरफ लौटने लगे।

चलते समय बादशाह ने कहा, ''मेरा नाम अकबर है। कभी जरूरत पड़े तो दिल्ली अवश्य आना। दिल्ली में किसी से भी मेरा नाम पूछ लेना।'' यह सुनकर खेत का मालिक एक घड़ा और कोयला ले आया और बोला, ''साहब, इस टूटे घड़े पर नाम और पता लिख दीजिए। बादशाह ने घड़े की ठीकरी के अंदर अपना नाम और पता लिख दिया

और कहा कि जब कभी दिल्ली आओ तो इसे अपने साथ अवश्य लाना। खेत के मालिक ने घड़े के टुकड़े को सँभालकर रख लिया।

एक बार भीषण अकाल पड़ने के कारण अनाज की कमी हो गई। लोग भूखों मरने लगे। गाय-भैंसों के लिए घास तक नहीं रही। यहाँ तक कि लोग भूख और प्यास से मरने लगे। किसान की स्त्री ने कहा कि बादशाह के पास जाओ और अपनी परेशानी बताओ। उसने वैसे भी तुम्हें दिल्ली बुलाया था। हो सकता है कि वह इस मुश्किल की घड़ी में हमारी सहायता करे।

पत्नी की बात मानकर वह किसान घड़े का ठीकरा लेकर दिल्ली चला गया। वहाँ जाकर पूछने लगा, ''अकबरिए का घर कौन सा है?'' लोगों से पता पूछकर अकबर के घर पहुँच गया और पहरेदार से बोला, ''मुझे अकबरिए से मिलना है।'' इतना कहकर उसने घड़े का टुकड़ा पहरेदार को दिखा दिया और कहा, ''अकबरिए से जाकर कह दो कि एक आदमी उससे मिलना चाहता है।'' पहरेदार को यह देखकर बड़ा आश्चर्य हुआ कि घड़े के टुकड़े पर बादशाह अकबर के दस्तखत थे।

पहरेदार अकबर से बोला, ''महाराज, एक ग्रामीण आपसे मिलने के लिए आया है। वह बहुत असभ्य बोलता है। लेकिन आपसे मिलने की हठ कर रहा है।''

बादशाह की आज्ञा पाकर किसान को पहरेदार अंदर ले आया। उसे देखकर बादशाह ने कहा, ''तुम थोड़ी देर प्रतीक्षा करो। नमाज का समय हो रहा है। मैं नमाज पढ़कर शीघ्र ही तुमसे मिलूँगा।''

बादशाह ने एक कपड़ा बिछाकर नमाज पढ़ी। बादशाह कपड़े पर कभी उठता तो कभी बैठता।

लेकिन किसान को कुछ भी समझ में नहीं आया कि बादशाह यह क्या कर रहे हैं। किसान के पूछने पर बादशाह ने बताया, ''परमात्मा की हाजिरी भरता हूँ। दिन में पाँच बार परमात्मा की बंदगी करता हूँ।''

बादशाह की बात सुनकर किसान वहाँ से चल दिया और मन में सोचने लगा कि मैं तो एक बार भी परमात्मा की हाजिरी नहीं भरता, लेकिन फिर भी उस भगवान् ने मुझे इतना कुछ दिया है और यह पाँच

बार हाजिरी भरता है, तब भगवान् ने इसे इतना दिया है। फिर मैं इससे क्यों माँगूँ? जब इसे भी भगवान् ने ही दिया है। इससे कुछ माँगने से अच्छा है कि मैं सीधे भगवान् से ही माँगू।

कुछ ही देर में किसान अपने घर लौट आया। उसकी पत्नी ने कहा, "तुम अकबर से कुछ माँगकर क्यों नहीं लाए? उसके पास तो धन-दौलत की कमी नहीं है। पत्नी की बातें सुनकर किसान बोला, "अकबर तो इतनी मेहनत करके भगवान् से माँगता है, फिर मैं उससे मुफ्त में कोई वस्तु क्यों लूँ? भगवान् सबकी प्रार्थना सुनता है। वह सबका मालिक है। वही सबको देता है। वह किसी के साथ भेदभाव नहीं करता।"

इसके बाद किसान ने अपने जीवन में कभी किसी से कुछ नहीं माँगा, क्योंकि सबके दाता राम हैं।

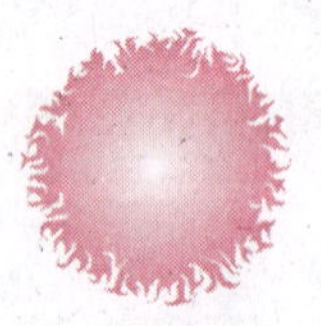

भगवान् की इच्छा

एक किसान बहुत ही गरीब था। सूखा और अकाल के कारण खेती की पैदावार अधिक नहीं हुई, जिसके कारण किसान को आर्थिक तंगी का सामना करना पड़ा। भूखे मरने की नौबत आ गई। तब दुखी होकर किसान की पत्नी ने कहा, ''देखो, घर में खाने को अनाज का एक दाना भी नहीं है। सूखे के कारण सारी फसल नष्ट हो गई है। तुम शहर जाकर कुछ काम-धंधा कर लो।''

पत्नी की बात सुनकर किसान बोला, ''हमने तो सबकुछ भगवान् पर छोड़ रखा है। जब भगवान् की इच्छा होगी तब वे स्वयं ही दे देंगे। तुझे तो बिना काम किए ही धन मिल जाता है, लेकिन अब तो मैं धन तब ही लूँगा जब भगवान् मुझे घर बैठे धन देंगे।''

भगवान् यदि धन देना चाहें तो किसी भी तरीके से दे सकते हैं। वह तो छप्पर फाड़कर भी धन दे सकते हैं। आज मैं शौच करने के लिए खेत पर गया था, जब नदी के किनारे हाथ धोने लगा तो मैंने देखा कि एक घड़े का मुँह ऊपर से बँधा हुआ है। मैंने उसे खोलकर देखा तो उसमें सोने-चाँदी की अशर्फियाँ भरी हुई थीं। मैंने सोचा, पता नहीं यह धन किसका है। इसे लेना उचित नहीं है। इसलिए मैंने घड़े का मुँह फिर से बंद करके उसे वहीं पर छोड़ दिया।

किसान के घर में दो चोर चोरी करने के इरादे से छिपकर खड़े थे, उन्होंने किसान और उसकी पत्नी की सारी बातें सुन लीं। चोरों ने सोचा, 'यह किसान तो बड़ा मूर्ख है, जो इतनी सारी धन-दौलत पाकर भी उसे वहीं छोड़ आया।

चोरी करने पर तो पकड़े जाने का भी डर है। इसलिए हमें नदी के किनारे जाकर वह घड़ा निकाल लेना चाहिए। उसके बाद पूरी जिंदगी बैठकर आराम से खाएँगे। फिर कभी हमें चोरी करने की जरूरत नहीं पड़ेगी।

चोर धन पाने के लालच में उस जगह पर पहुँच गए जहाँ किसान ने घड़े के विषय में बताया था। किसान ने जब घड़े का ढक्कन बंद किया तो वह थोड़ा सा ढीला रह गया था। इसलिए उसमें एक साँप घुसकर बैठ गया। चोरों ने जैसे ही ढक्कन खोला तो साँप ने बहुत जोर से फुफकार मारी। दोनों चोर भय के मारे डरकर पीछे हट गए।

चोरों ने ढक्कन फिर से बंद कर दिया और अपने मन में सोचने लगे कि जरूर किसान ने हमें देख लिया होगा, अतः हमें मारने के इरादे से ही उसने घड़े की झूठी बात बनाई होगी, जिससे हम धन के लालच में घड़े का ढक्कन खोलें और मारे जाएँ। अब हम किसान से अपना बदला जरूर लेंगे।

इसके बाद चोर घड़े को लेकर किसान के घर आ गए। चोरों ने छप्पर फाड़कर उसमें से घड़ा नीचे गिरा दिया और फिर वहाँ से भाग गए। घड़े के गिरते ही साँप तो कुचलकर मर गया और किसान के घर में अशर्फियाँ बिखर गईं।

भगवान् तो छप्पर फाड़कर देते हैं, यह बात बिलकुल सच है। भगवान् किस तरह से किसकी मदद करते हैं—इसका किसी को पता नहीं होता। जो भगवान् पर अटल विश्वास रखता है, वह कभी दुःखी नहीं रहता। मनुष्य को भगवान् की इच्छा को सिर झुकाकर स्वीकार करना चाहिए।

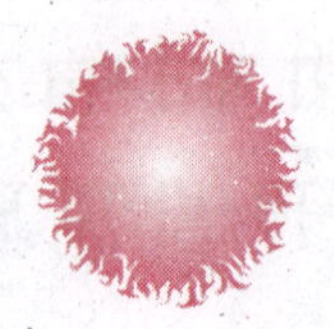